文春文庫

陰陽師

水龍《すいりゅう》ノ巻

夢枕獏

文藝春秋

目次

陰陽師《おんみょうじ》　水龍《すいりゅう》ノ巻

麩《ふ》枕《ちん》

一

このところ、博雅《ひろまさ》は、月が出るたびに出かけている。

笛を吹くためだ。

夜、笛を吹きながらそぞろ歩く。

いったん場所が決まれば、毎夜、毎回、そこへ出かけて笛を吹く。

前の時は、神泉苑《しんせんえん》であった。

そこに通ううちに、不思議が起こる。

月を呑む仏に出会った。

どうも、博雅が笛を吹くと、天地の神々が呼応して、近づいてくるようなのだが、博雅自身は、そういうことに無頓着で、気づいていない。

今回は、鴨川であった。

東山の上に月が出る頃を見はからって、鴨川の西の土手を、笛を吹きながら歩くのである。

今、博雅は、笛を吹きながら歩いている。

夜——

満月が欠けて、半月に向かおうとしている、十八夜の月が、中天に近づきつつあると
ころだ。

二条大橋の西の袂《たもと》から南へ向かって下りはじめ、ちょうど四条大橋を過ぎたところだ。
五条大橋へ出たら、また、同じ土手の上を北へ向かってもどるつもりでいる。

奇妙なのは、やんごとない血をひく三位《さんみ》の身でありながら、博雅は、供の者も連れず、
牛車《ぎっしゃ》にも乗らず、ただ独りで歩くことだ。

盗賊などに出会えば、どうなるかわからない。

身ぐるみはがれるくらいならまだしも、生命を奪われかねない。それに、笛の音《ね》が聞
こえれば、たれかが外にいるのがわかるので盗賊を呼びよせることになる。ところが、
博雅は、まだそういう賊と、笛を吹いている時に出会ったことがない。

かつてのことであれば、家を留守にしている時に、盗人《ぬすびと》に入られたことがある。

屋敷には、ただひとつ、篳篥《ひちりき》だけが残されており、博雅は、窓から月を眺めつつ、そ
の篳篥を吹いた。

すると、その音が家財道具を盗んでいった盗人の耳にも届いた。

「ああ、自分はなんというお方のものを盗んでしまったのか」

盗人はもどってきて、盗んだものの全てを返してくれたというのである。

博雅が奏でる音は、琵琶の音であれ、笛の音であれ、不思議な力があるらしい。

現実には、当人が気づかぬだけで、博雅がひとりで笛を吹きながらそぞろ歩く時、実は盗人や鬼に出会っているのである。しかし、いずれも、博雅の笛に聞きほれ、感極まって、博雅を襲うことを失念してしまったり、その笛のあまりの素晴しさに、博雅を畏れ敬い、襲うことをやめてしまうのである。

そういうことに、まるで気づかぬというのが、晴明《せいめい》に言わせれば、

「おまえの好もしいところなのだ」

ということになる。

しかし、今回は違っていた。

毎夜、自分の後を付いてくるものがいるのである。

この十日あまり、雨の晩をのぞいては、ほぼ毎夜、笛を吹きながら歩いている。そのどの時にも、何ものかが、自分の後を付いてくるようなのである。

今夜もそうであった。

自分の後を、音もなく、何ものかが付いてくるのである。

たれか――

そう思って後ろを振り返ってもたれもいない。

ただ、気配のみがある。

しかし、悪意ある気配ではない。

だから、博雅も、気配に気づきはするが、そのことで怯《おび》えたり、困ったりしているわけではない。

土手に柳があったり、夏のことどとて、蛍が飛んだりしている、そういう風景のひとつとして、それを認知しているだけだ。

博雅は、笛を吹きながら歩いている。

鴨川のせせらぎが、自身が奏でる笛の音《ね》と一緒に耳に届いてくるが、気になることはなかった。

むしろ、笛の音《ね》とせせらぎの音《おと》が闇の中で和して、いっそう楽《がく》の音《ね》が含み持つなにものかが高まっているようである。

左右には、柳が生えていて、その枝が、わずかな風にさやさやと揺れているのもいい。

水の面《おもて》の上を、無数の蛍が飛ぶ。

あるいは、草の中で光る。

闇の中を明滅しながら、ふうわり、ふうわりと飛ぶ蛍もまた、笛に呼応しているようで、天地の精霊が、博雅の笛の音《ね》に集い、音《おと》に合わせて舞っているようでもある。

この時、笛の音《ね》は、蛍や、せせらぎや、わずかな風や、柳と、わかちがたく結びついており、それが一体となって、博雅の中では、どれが風やら柳やら、笛の音やら蛍やら区別がつかない。

どれもひとつ。

博雅自身も、そういうもののひとつとなっているようで、博雅は恍惚となって笛を吹き続けているのである。

この晩は、ひときわ興がのって、いつもは吹かない曲を吹いた。

たいへんに難しい曲で、わずかに息つぎがおくれたり、指の動きが間に合わなかったりすると、その曲の相《そう》がくずれてしまう。少しの狂いも許されぬ曲であったが、自身の興がのっている時は、時おり吹く。

この曲を吹くと、決まって心に浮かんでくる風景がある。

山の風景だ。

向こうに遥か、青い山がそびえていて、その山の肩のあたりに、美しい紫色の雲がたなびいている——そういう風景である。

どうしてかはわからないが、そういう風景が心に見えてくるのである。

この時もそうであった。

したたるような緑に溢れた山に、薄い紫の雲がたなびき、風に、ゆっくりと動いている。

鳥が飛び、風が吹けば、草が動き、さあっと雨が降りそそいだかと思えば、空に虹が立つ。

なんとも美しい光景である。

眼を閉じて、ひとしきり、その曲を吹いた。

吹き終って、葉二《はふたつ》を唇から離す。

博雅は、まだ、眼を閉じている。

瞼の裏にまだ残っている風景を、視線で追っている。耳の奥に遠のいてゆく、自身の笛の音《ね》が、風景と共に薄れてゆくのに耳を傾けているのである。

それらが消えて、ひと呼吸、ふた呼吸、博雅はようやく眼を開いた。

すると、眼の前の土手の上に、ひとりの女が座しているのが見えた。

細い月の光を編んだような、白に近い薄青い衣《きぬ》を重ね着にして、髪を唐風に結いあげた女であった。

その女が、月光の中に座して、博雅を見あげているのである。

その眼に、涙が光っているのが見える。

さっきまでは、そこにいなかった女だ。

普通の者であれば、驚き、仰天する。

こんな時に、このような場所で、さっきまでいなかった女が出現する。しかも美しい。

これは、どう考えても妖《あや》しのものであり、妖物か鬼の類《たぐい》であろうと想像する。

もちろん、博雅もそのように想像をした。

女を見た瞬間には驚きもした。

しかし、博雅という人格のおかしみ——晴明に言わせれば「好もしさ」というのは、驚いた時であれ、怒った時であれ、博雅という人格、存在であり続けるということである。

つまり、常《つね》の博雅が、その肉の中にいる。我を忘れるということがない。

今、驚きはしたものの、それは、それまで気づかなかった美しい花が、足元に咲いているのを知った時と、ほぼ等質の驚きといっていい。

「どなたかね」

と、博雅は問うた。

座した女が、自分を見あげている。

当然、この女は、常の人でないことはわかっている。

しかし、自分を見あげているということは、女は、この自分に用事があるのだ——博雅はそう理解している。

「何か、この私に用事でもあるのかね」

たとえ、相手が妖物であれ、博雅は、当然自分が問うべき問いを発した。

「わたくしは、白尾《しらお》というものにございます――」

女は、手をついて頭を下げ、また顔をあげて博雅を見あげた。

「人のなりをしておりますが、実は人ではございませぬ」

異国の訛りがある。

唐語《からことば》の訛りであった。

人でないのなら、では何ものであるのか――

博雅は、それを問わなかった。

「何かございましたか。私で力になってさしあげられることがありますか――」

博雅は、このように言った。

源《みなもとの》博雅という好漢には様々な美徳があるが、そのうちの最たるものは、何よりも先に、このような言葉を発することができるということであろう。

「お訊ねしたきことがございます」

「何なりと」

「ただ今、博雅さまがお吹きになっていた曲、それは、何という曲にございましょうか――」

「はて、何という曲名にございましたか。残念ながら、この曲名に覚えはございませぬ」

「では、博雅さま、この曲は、いったい、いつ、どなたから伝授されたものにござりましょう――」

「もう、十年は昔のことでござりましょうか。鬼からおそわりました」

「鬼?」

「朱雀門《すざくもん》の鬼にござります」

博雅は、それを説明した。

ある月の明るき晩、今夜のように、博雅は笛を吹きながらそぞろ歩いていた。

すると、どこからか笛の音《ね》が、自分の笛に和してきた。

たいへんな上手の笛であった。博雅は笛を続けながら、その笛の音が聞こえてくる方へ向かって歩いていった。すると、たどりついたのが朱雀門であった。たれかが、朱雀門の上で、笛を吹いているのである。

そこで博雅は、朱雀門の上にいるものと、ひと晩中、笛を吹きあった。

門の上と下、互いに顔も見ずに、夜明け近くまで吹きあっているうちに、門上から声がかかった。

「おい、おれの笛とおまえの笛と、取りかえて吹いてみようではないか――」

承知をすると、門上から、紐で括《くく》られた笛が下りてきたので、それを受けとり、博雅は自分が持っていた笛をその紐に括りつけた。するとするすると紐が門上にあがってゆく。

とりかえた笛を吹いてみれば、えも言われぬよい音である。

そのまま、夜明けまで吹き続け、やがて陽が差してきた時、門上の笛の音がやんだ。

「もうし、もうし、門上のお方——」

何度か声をかけたのだが、答える声はない。

そのまま、門上のものの笛が、博雅の手元に残ってしまった。

朝の光の中で眺めてみれば、笛に、二葉の青葉の紋様が入っている。

博雅は、この笛を葉二と名づけた。

それが、今、博雅が吹いている龍笛《りゅうてき》である。

このことを話すと、

「それは、鬼であろう」

と、たれもそう言った。

鬼も時々、そういうことをする。

人と詩を比べあったり、琵琶を弾いたりもする。

それで、いつの間にか、鬼の笛ということになった。

「鬼と笛を吹きあったその時、何度となく鬼が吹いていたのが、この曲でござりました。

それで、この曲を覚えてしまったのですが、曲名まではわかりません。指の運びと息継ぎがむずかしく、そういつも吹けるという曲ではありません」

博雅が言うと、女は、はらはらと涙を流し、

「それは、わが母が作りし曲にございます」

「なんと――」

「くわしい話は後ほど申しあげますが、博雅さまには、ぜひ、お力になっていただきたいことがございます」

「それは何かね」

「少し、長い話になります。我が屋敷にて、ゆるりとお話し申しあげたいのですが、おいでいただけましょうや――」

どうやら、あの朱雀門の鬼についての話らしい。

それならば、ぜひとも聞きたい。

「もちろん、うかがいましょう」

博雅は、当然のことながら、そのように答えていたのである。

二

博雅は、案内されるまま、いったん六条まで南へ下り、そこから六条大路を西へ向かった。

西京《にしのきょう》――

破《や》れ寺や、もう人の住まない、土塀が崩れたままになっている家や屋敷も多く、有体《ありてい》に言えば野山と同じ風景と言っていい。

途中、左へ折れ、右へ折れ、

「こちらでございます」

と、白尾が足を止めたのは、唐風の立派な門の前であった。

その門には花鬭《かびやく》が用いられており、砌《みぎり》には烟甗《えんちく》が用いられている。

門上には右から左へ玉清宮《ぎよくせいきゆう》と書かれた額が掛かっていた。

はて、こんなところに、このように立派な屋敷があったか――

「こちらへ――」

うながされて門をくぐれば、建物の中には幾つもの灯が点《とも》されていて、明るい。

あがれば、そこには波斯《ペルシア》の絨毯《じゆうたん》が敷かれ、侍姫《じき》十数人がいて、酒宴の用意が調《ととの》っている。

そうして、白尾は博雅の横へ座り、

「まずは、これを――」

と、杯に酒を注《そそ》いだので、博雅はこれを飲んだ。

この世のものとは思われぬ味がして、己れの身体が、甘やかな花のような酒の香《か》で包まれた。

二杯、三杯と酒を飲んだところで、

「落ちつかれましたならば、どうぞ、我が物語るところをお聞きくだされませ——」

そうして、白尾は話しはじめたのである。

三

わたくしの母は、名を白爪《しらつめ》と申しまして、今を去ること三百数十年前、唐の高祖李淵《こうそりえん》さまがまだ太原《たいげん》にあったころ、そのお屋敷の庭に棲まわせていただいていた白狐にございります。

李淵さまは狩りがお好きで、年に何度となく野山へ出ておいでであったのですが、ある時、狩りにお出かけになったおり、藪の中から美しい大きな白狐が飛び出してまいりました。

この白狐が、実はわたくしの母の白爪にござります。

何故《なにゆえ》、母が飛び出したのかと申しますと、実はこの時、母は一頭の虎に追われておりました。母は必死で逃げていたのですが、虎の足は速く、あわや、もう少しで虎の爪が届こうという時に、狩りにやってきた李淵さまと出会ったのです。

虎の爪にかかるか、李淵さまの矢に射られて死ぬか、いずれかの道しかないという時に、李淵さまの美しい御尊顔を見て、いっそ死ぬならこの方の矢を受けて射殺《いころ》されようと決心して、母は、李淵さまの方へ走ったのでござります。

ところが、李淵さまは、母をねらいませんでした。李淵さまは泰然として弓に矢を番《つが》え、母を追って出てきた虎の方へ向けて、その矢を放ったのでござります。

虎は李淵さまに射殺され、こうして母は、李淵さまに生命をたすけられたのでござります。

これを御縁に、母は李淵さまのお屋敷の庭に棲むようになったのでござりました。

我が母は、李淵さまとお会いした当時で、齢《よわい》百二十。人の言葉も理解でき、変化《へんげ》の術をもって人に姿をかえ、李淵さまにお仕えしてまいりました。

楽器を奏するのにたくみで、よく、李淵さまには笛、琵琶などをお聞かせしておりました。

李淵さまのお屋敷からは、遥かに天龍山を望むことができまして、山を眺めながら笛を奏することもしばしばであったとか。

そんなある時、ちょうど母が笛を吹いているおり、天龍山の麓に、紫色の雲がたなびくことがござりました。まるで、山が紫色の衣を身にまとったようで、たいへんに美しい光景でござりました。

笛がやんだ時、

「なんと美しい光景であろうか。これ、白爪よ、いずれ、おれはこの地を出て夢を追わねばならぬ身であれば、この日、この故郷の風景をいつでも思い出せるよう、曲をひとつ作ってこの李淵におくってはくれぬか――」

このように、李淵さまは申されたのでございます。

もちろん、母は悦《よろこ》んでこれをお受けいたしましたのでございますが、なかなか、この曲ができませんでした。

そのうちに、李淵さまは太原の地を離れ、母とは別れ別れとなってしまいました。

実を申せば、この時母はわたくしを身籠っており、李淵さまのゆかれるところへついてゆくわけにはいかなかったのです。

そうです。

わたくしは、李淵さまと母白爪との間に生まれた娘にございます。

人との間に子をもうけてしまっては、もう、その方のもとにはおられません。母は、子をなしたことを告げずに、李淵さまのもとを離れ、わたくしを生んだのでございます。

李淵さまのもとを離れはしたものの、母の心にずっとひっかかっていたのは、あの時約束した曲のことにございました。

他の曲はすらすらとできるのですが、約束の曲は、その想《そう》があるにもかかわらず、想いが強すぎ、その想があふれて曲のかたちにならないのです。

李淵さまが、唐を興し、高祖となられてからも、母は、ずっと、李淵さまと約束した曲を作ろうとしていたのですが、なかなか思うような曲ができなかったのでございます。そうこうしているうちに、歳月は流れ、とうとう、李淵さまは亡くなってしまわれました。

ようやく、その曲が成った時には、代がかわり、李淵さまから数えて九代皇帝玄宗《げんそう》さまの御代になっておりました。

約束してから、なんと百五十年に余る時が過ぎていたのでございます。

せめてこの曲をば、李淵さまの墓にたむけ、その御子《おこ》、孫《まご》、子孫の方にでも聞いていただこうと思うたのですが、それができませんでした。理由は、ふたつ。ひとつは、すでに母のことを知る者はこの世になく、とても、時の皇帝に会いにゆけるものではなかったこと。もうひとつは、母が作りしこの曲を、吹ける者がこの世になかったことでございます。

その息つぎ、指の運びが、あまりにも精妙で、母自身ですら、それを吹くことがかなわなかったのです。

ところが、これを吹ける者が現われたのでございます。

韋弁《いあん》という、杜陵《とりょう》の地に生まれた笛の名手にございます。

開元の頃、進士《しんし》の試《し》に下第《かだい》して、その時、韋弁は、我らの住む蜀《しょく》の地に寓遊《ぐうゆう》しておりました。

　この韋弁が、なぐさみに吹く笛を、たまたま母が耳にして、この人ならと思い、この館にまねき入れて、韋弁にこの曲を伝授したところ、韋弁はたちまちにして覚えてしまいました。母の想のままに、韋弁はこの曲を吹くことができたのでござります。

　母は、この韋弁に、自分の持ちたる笛一管を与え、さらに、枕をひとつ手渡して、

「これは、我が笛じゃ。そして、これなるは麩枕《ふちん》という枕である。このふたつをそなたに与える故、ぜひとも頼まれてほしいことがある」

　このように、韋弁に言ったのでござります。

「この笛を持ち、この枕で眠れば、ある御方の夢の中に現われることができる。その時、この笛でその方のためにここで覚えた曲を吹いてほしいのじゃ」

　麩枕というのは、我らの宝で、玉《ぎょく》に似ており、微かに紅《あか》い色が混ざる美しい枕にござります。

「それがすんだら、この麩枕、売ってそれで得た金《かね》を自分のものにすればよい。高く売れるであろうから、それを、我らの礼としてほしい」

　承知した——

　と、韋弁が返事をするので、母は、笛と麩枕を韋弁に渡し、家に帰したのでござります。

ところが、家に帰る途中、韋弁は酒楼に立ちより、そこでこの枕を見せびらかしてしまったのです。

「これは、世にも珍らかなる宝ぞ——」

するとたまたまその酒楼に居合わせた胡人がそれを見て、

「これは麩枕ではないか。ぜひともこれを自分に売ってくれ」

このように言ったのでございます。

「いや、これは、売りものではない。たとえ、千両積まれたって、売ることはできないね」

「なにを言うか。これが千両であってたまるものか。一万両、二万両でもたらぬ。どうじゃ、十万両出す故、それをここで売らぬか——」

と胡人はその時言ったそうですが、まことにその通り。

「いやいや、十万両と言わず、百万両でどうじゃ。ただし、明日にはもう、波斯《ペルシア》に向かって発たねばならぬ故、今、この場で決心せよ、どうじゃ——」

と胡人が言うので、とうとう、韋弁は、それを百万両で売ってしまったというのでございます。

三日後、母は、韋弁のもとを訪ね、首尾を訊いたのですが、

「すまん。実は、使う前に枕は胡人に売ってしまったのだ」

このように言ったのでございます。

「なんということを――」

母は、韋弁をなじり、怒ったのですが、それで枕がもどるわけではありません。

麩枕を買った胡人を捜したのですが見つかりません。

そして、気を落とした母は、そのまま病《やまい》を得て、この世を去ってしまったのでございます。

韋弁は韋弁で、得た金は、人に騙されて、たちまち無一文となり、いつしか行方知れず。

わたくしはわたくしで、そのことがずっと気にかかっていたのでございますが、つい二年ほど前、どこをどうめぐってきたのか、長安の東《ひがし》の市《いち》にある胡人の店で、この麩枕が売られていたのでございます。

この麩枕、我が一族の家宝であったので、さっそく買いもどしたのですが、博雅さまのことを耳にいたしましたのは、半年ほど前のこと。

わたくし、長安で催されたある宴の席に人の姿で出ていたのですが、その席に、倭国《わこく》からやってきた留学生《るがくしよう》の方がおひとりいらっしゃって、その方がその宴席で笛を吹かれたのです。

その曲が、なんと、わたくしの母が作った曲にあまりにもそっくりであったので、わたくしはその方に訊ねました。

「もし、その曲、いったいどこでどなたに習われたのでございましょう」

するとその方は次のようなことをおっしゃいました。

「この曲は、私の故郷である倭国で覚えました。源博雅というお方が、時おり吹く曲で、あまりにすばらしいので、そのさわりを覚えたのでございますが、これでもまだ源博雅さまのお吹きになる笛の百分の一、いや、万分の一。実際の曲は、もっと長く続くのですが、とても私には全部を吹くことができません。それで、私の才のおよぶところを、それなりに体裁を整えて、一曲としたものにございます――」

それで、もしやと思い、倭国までやってきて、博雅さま、あなたをようやくさがしあてたのでございます。

ただ、直接におたずね申しあげても、博雅さまには、何が何やらおわかりにならぬお話であることは承知しております。

それで、あなたさまが、夜毎に笛を吹きにおでかけになる度に、後をつけさせていただいて、いまかいまかと、母の作りし曲をお吹きになるのを待っていたのでございます。

そして、今夜、とうとう博雅さまはこの曲をお吹きになられました。

ああ、この方だ。

このお方なのだ。

ついに出会えたと思いましたら、母のことなど思い出し、涙がこぼれでてしまった次第にございます。

四

「いやなるほど、そういうことでございましたか――」

博雅は、長い、白尾の話を聞き終えて、うなずいていた。

「ところで、この、そなたの母上が作り給いしこの曲、名はなんと？」

「〝紫雲《しうん》〟という名の曲にございます」

白尾が言った。

「おお、〝紫雲〟……」

「太原にて、李淵さまと母が眺めし、天龍山にたなびく雲の色を曲の名としたものにございます」

「よき名じゃ」

「時に、博雅さま。ひとつ、お訊ねしたきことがございます」

「何なりと」

「先ほどの話によれば、博雅さまがお持ちのその笛、朱雀門の鬼よりもらったものであるとか――」

「その笛、拝見させていただいてよろしいでしょうか」

「むろんじゃ」

博雅は、懐《ふところ》から葉二を取り出して、白尾に渡した。

見るなり、白尾は、

「おお、これじゃ――」

一点を指差して、膝立ちになった。

「どうしたのじゃ」

「これ、この歌口《うたぐち》の少しこちらに、葉がふたつ、模様として入っております」

「それが、何か――」

「これこそ、この笛こそ、我が母が、韋弁に与えたもの……」

「なんと、それでは……」

「あなたさまが、朱雀門で笛の吹き比べをしたという鬼こそ、韋弁……」

「なに⁉」

「実は、韋弁、母になじられたのが、よほどその身に応えたのか、酒量も増え、商売はことごとく失敗し、人に騙されて財産すべてを失ってしまい、いつしか、長安からも唐からも、笛と共にその姿が見えなくなり、行き方知れずとなってしまったのは、先ほど申しあげた通り――。この笛が、ここにあるということは、韋弁は、遣唐使船に乗り、この倭国までたどりつき、この地のいずれかで果て、鬼となったものにございましょう」

「なるほど、そういうことがあったか……」

「つきましては、博雅さま。お願いしたきことがもうひとつございます」

「なんじゃ」

「唐王朝は、すでに滅びましたが、李淵さまの子孫は、まだこの世に生きておられます」

「なんと……」

「最後の皇帝李柷《りしゅく》さまは、都を追われ、曹州の地で、朱全忠《しゅぜんちゅう》の命を受けた者の手によって御歳十七にして毒殺されましたが、実は前の年になした御子《おこ》、今、蜀の地でまだ御存命にございます。齢《よわい》五十を越えたかどうかという御歳にして、いまだご壮健――」

李氏が受け継いでいった歴代の唐の皇帝の中で、一番哀れであったのは、最後の二十三代皇帝李柷である。

李柷は、二十二代皇帝昭宗《しょうそう》の第九男として生まれている。

李柷を殺した朱全忠は、もともとは小作人であった。黄巣《こうそう》の乱のおり、黄巣軍に参加をしたのだが、後に官軍となって軍功をたてて出世をした。一時、黄巣軍が支配していた長安を唐側がとりもどしたのも、朱全忠の力によるところが大きい。

この頃の皇帝が、李柷の父昭宗であったのだが、昭宗は朱全忠の手によって亡きものにされ、後を継いで二十三代皇帝となったのが、李柷であった。

その翌年、唐の朝臣は、朱全忠によって皆殺しにされ、李柷の兄弟九人ことごとくが殺されて、その死体は九曲池に投げ込まれてしまった。李柷は、朱全忠に禅譲して皇帝の座をおりたのである。その後、李柷は後梁の済陰王に封じられたのだが、さらにその翌年、朱全忠によって毒殺されてしまった。

この時、李柷、十七歳。

この話を聞いて、博雅は、はらはらと落涙した。

「なんと、おかわいそうな――」

「しかし、その御子が、まだ生きておいでです――」

白尾はそう言って、手を小さく叩いた。

すると、奥から、ひとりの侍女が、両手に何かを捧げ持って現われ、それを、博雅の眼の前に置いた。

「これは?」

「さきほどお話しした麩枕にござります」

美しい、ほんのり紅を浮かべた玉の枕であった。

「どうぞ、今夜は、その笛を懐に、この枕でおやすみください。この麩枕には不思議な力があって、この枕で眠ると、たれの夢にも入ってゆけるのでござります。どうぞ、今夜、この麩枕の力をもって、李柷さまの御子の夢に入って、〝紫雲〟を吹いてやっていただきたいのです……」

「承知いたしました。この私でよければ、心を込めて、その役目果たしましょう」

博雅は、袖で涙をぬぐいながら、この申し出を受けたのであった。

五

闇の中に、牡丹の花が咲いている。

薄青い花びらの、大輪の牡丹である。

その前に、ひとりの初老の男が立って、ただ青い牡丹を眺めている。

他には何もない。

牡丹とその男だけ――

なんとも美しい牡丹であった。

その牡丹の花びらの間に、様々な人々の姿や、宴の光景が見えているようでもあった。

戦《いくさ》の光景もあるようであり、詩人たちが杯を交《かわ》しながら、詩を贈りあっている風景もあるようであった。

しかし、そのどれもが幻で、そこにはただ牡丹の花があるだけのようにも思われた。さながら、その青い牡丹は、今はもう滅んでしまった唐王朝の夢のなごりのようでもあった。

博雅は、その男と牡丹の傍に立って、その光景を眺めていた。

すると――

ふっ、

と、その男が顔をあげて、博雅を見た。

「あなたは、どなたです?」

男が問うてきた。

「わたくしは、倭国の源博雅という者です。遥かな昔の忘れられた約束です。夢、幻。この天地の無常の川の流れに生じた泡《うたかた》のひとつです……」

博雅は、懐に手を入れて、葉二を取り出して、それを唇にあてた。

最初は、静かに、生まれたばかりの春の風が、きらきらと光りながらそよぎ出すように、その曲は始まった。

その風が、雲を呼び、地をことほぐがごとく、光る雨を降らせた。

地から草が生え、木の梢からは若い葉が芽ぶき……

虫が生じ、百花が開き、蝶が生まれ……

蝶の数は、百匹、二百匹、千匹、万匹、千万匹……

夜には月の光に乗って、数限りない天女がしずしずと大地に降りてくる……

夜があけてみれば、彼方の山に、紫の雲が動いている……

そういう光景が眼に見えるようであった。

ゆるやかに、曲は終った。

終った後も、その曲は闇の中に殷々《いんいん》と鳴り響いているようであった。

笛から唇を離した時、博雅の眼からは涙が溢れていた。

「あなた、もし、博雅さまと言われましたか。今、笛が鳴り響いている間、わたしは、美しい山の頂と、その里の風景を眼に見ておりました。これは、いったい……」

男が問うてきた。

博雅は、無言でうなずき、静かに微笑して、

「ああ、よかった……」

そうつぶやいた。

「よかった、本当に……」

そうして、博雅の姿は、そこから消えていったのである。

六

博雅が眼覚めたのは、草の中であった。

露草。

虎の尾。

蛍袋《ほたるぶくろ》。

夏の草と花が、博雅の周囲で、朝露に濡れて光っていた。

起きあがってみれば、そこは、西京《にしのきょう》の破れ寺の庭であり、すぐ先に崩れた土塀も見えている。

はて、あの屋敷はどこに？

白尾は？

屋敷も白尾も、侍女たちの姿も、もうそこにはない。

あれは、夢か。

そう思った時、足の先に、こつん、とぶつかるものがあった。

紅色の玉の枕——麩枕であった。

夢ではなかったのである。

それから、何夜か、博雅は夜になると朱雀門に通った。

そこで、夜毎に葉二を吹いた。

吹きながら、心の中で語りかける。

鬼よ、朱雀門の鬼よ。

おまえの名は、韋弁というのだね。

おまえのやれなかった仕事を、わたしがかわりにしたよ。

おまえからもらった葉二を吹いたよ。

どこにいるのだね。

しかし、答えるものはなかった。


後の世になって、この笛を所有していた時の天皇が、浄蔵《じょうぞう》という笛の名手を呼んで、葉二を与え、これを吹かせてみた。

浄蔵は、ある月の明るき夜、博雅がこの笛を手に入れたという朱雀門まで出かけてゆき、葉二を吹いた。

すると、門の上から、啜《すす》り泣く声が聞こえてきた。

浄蔵が吹くのをやめた時、

「その笛、なお逸物かな」

という声が、門上から降ってきたと『十訓抄《じっきんしょう》』にある。

野《や》僮《どう》游《ゆう》光《こう》

一

散るべき葉は、全て散ってしまった。

初冬の大気は、潔く澄んでいる。

風は冷たいが、すがすがしい。

その風の中に、去ったばかりの秋の名残りのように、枯れ葉の香《か》が混ざっている。

その風の中に、酒の匂いが溶けているのは、晴明《せいめい》と博雅《ひろまさ》が、ほろほろと酒を飲んでいるからである。

土御門大路《つちみかどおおじ》にある、安倍《あべの》晴明の屋敷の簀子《すのこ》の上に座して、晴明と博雅は、しばらく前から杯《かわ》を交しているのである。

肴《さかな》は、ない。

酒だけだ。

簀子の上に瓶子《へいし》がひとつ。

ふたりの膝先に、杯がひとつずつ。

杯が空《から》になると、ふたりの傍にいる蜜虫《みつむし》が、瓶子を手に取って、酒を注《そそ》ぐ。

昼——

陽差しは明るく、風はわずかだ。

「いや、晴明よ——」

と、博雅は、酒の入った杯を持ちあげながら、声をかけた。

「なんだ、博雅」

晴明は白い狩衣《かりぎぬ》を着て、柱の一本に背をあずけ、片膝を立てて座している。

その視線は、博雅ではなく庭にむけられている。

「庭の桜も、すっかり葉を落としてしまったが、それも、いずれまた来年の春にあたらしい花を咲かせるためと思えば、まずは散るということを経ねばならぬのだなあ——」

言い終えて、博雅はひとつ溜め息をつき、杯の酒を、ほろりと呑む。

「まあ、呪《しゅ》とはそういうものであろうな」

庭を見やったまま、晴明がつぶやく。

「な?」

博雅は、置こうとした杯を途中で止めて、声をあげた。

「なんだって?」

「呪とは、そういうものであろうと言ったのだよ、博雅よ」

晴明は、博雅に顔を向けてそう言った。

「いや、晴明よ。呪はよいが、おれには何が何やらさっぱりわからぬぞ」

「どうしてだ」

「どうしてもこうしても、わからぬものはわからぬ。おれは、しみじみと情緒《じょうしょ》の話をしていたのに、どうしてそれが呪の話になるのだ」

「いや、博雅よ、その情緒もまた呪のひとつのあり方でな、まるで別の話ではないのだ」

「なんだって⁉」

「呪とはな、そもそも、名であり、この宇宙の万象《ばんしょう》や法に名をつけてゆく術《じゅつ》、方《ほう》のことなのだ」

「む……」

もちろん、博雅は、晴明が使用した宇宙という言葉の意味はわかっている。

唐から渡ってきた『淮南子《えなんじ》』に、

往古来今これ宙という
四方上下これ宇という

と記されている。

宇宙、すなわち時空のことであるとする今日的認識を、古代中国ではすでに持っていたのである。

「呪とはな、結ぶものだ。異なる事象が、見方を変えれば同じものであると気がつき、それにあらたに名をつけてゆくというのが、呪の役割と言ってもいい」

「むむ――」

「時には、互いに相反するもの、まったく別のように見えるものが、実はひとつのものであるということがある。おまえの言う情緒と、ある現象とが、実は同じものであるということもあるのだ。それは、呪によるものだな――」

「晴明よ、おれには、もはや、おまえの口にしていることが、人の言葉とは思えなくなってきたよ」

「たとえば博雅よ、相反するものということでは、光と闇がある」

「うむ」

「これは、実は同じものなのだ」

「む」

「陰と陽、男と女、宇宙と我《われ》、熱いと冷たい、生と死――そして、博雅よ、さっきおまえの言うていた、散ることも咲くことも、実は同じ事象や同じ相の裏と表について、別の言い方をしていたにすぎないということになる」

「むむ」

と唸《うな》って、

「なら晴明よ、おれとおまえは、同じものだと言ってよいのか」

博雅は言った。

「もちろんではないか」

「し、しかし……」

と、博雅は何かを言いかけて、首を左右に振った。

「い、いや、やめておこう。おまえと話をしていると、頭の中があやしくなって、今、自分が立っているのやら座しているのやら、どこにいるのやら、そんなことすらもわからなくなってくるからな」

「ふうん」

「なんだ、そのふうんというのは。晴明よ。おまえ、おれを騙してはいないか」

「おれが?」

「そうだ。呪について何か言い出したのはいいが、自分でも何が何やらわからなくなって、おれを誤魔化したのではないか」

「さっき、口にしかけてやめたのはそのことか?」

「そうだ」

「博雅よ、おれはおまえを騙してはいないし、誤魔化したりもしていない」

「しかし、晴明よ。だましはせずとも、おまえ、今、おれで遊んだろう」

「おれは呪の話をする時には遊んだりはせぬ」

「しかし、その顔は笑っているではないか――」

博雅の言うように、女のように赤い晴明の唇の両端が、わずかに持ちあがっている。

「これは、常《つね》のおれの顔ぞ」

晴明にそう言われてみれば、それは確かに晴明のいつもの顔のようである。しかし、心なしか、普段よりは、唇の端の持ちあがり具合が大きいような気もする。

「だが、晴明よ。おれは、今しがた、葉の落ちた桜の樹を眺め、何やら天地の摂理の何ものかに気づいたような心もちがしていたのだよ。それがおれには新しい発見で、妙に嬉しかったのだが、おまえが呪の話を口にした途端、そのよい心もちがどこかへ行ってしまったのだよ……」

「それはすまん」

晴明は、左手で自分の杯を手にとり、中の酒を乾《ほ》した。

「話を変えよう」

博雅は言った。

「うむ」

晴明がうなずく。

「そもそも、おれがここへやってきたのは、別の話をするためであったのだ」

「ほう」

「やってきたら、おまえがいつものように酒の用意をするものだから、おれもついうっかりいつものように飲みはじめてしまったのだが、実はおまえに話があったのだ」

「どのような話だ」

「おまえの耳にも届いていると思うが、このところ、都を騒がせているあやかしの話だ」

「おう、あの藤原実次《ふじわらのさねつぐ》殿が、半月前の夜に四条大路で出会われたという、あの妙なもののことだな——」

「そうじゃ」

博雅はうなずいた。

二

半月前の夜——
藤原実次は、車で朱雀《すざく》大路を下っていた。

ゆく先は、このところ通っている女のところだ。

女は五条のあたりに住んでいて、この半年ほどは、三日に上げず通いつめている。

牛飼童《うしかいわらわ》を含めて、供の者は三人。

先にゆく者が松明《たいまつ》を持ち、牛飼童が牛をひき、残ったひとりが後ろから従ってゆく。

ごとりごとりと、土を踏んでゆく車の音が止んだのは、牛が止まったからである。

三条大路を過ぎ、四条大路にさしかかったところであった。

「どうした?」

車の中から実次が声をかける。

先頭を歩いていた者が、松明を持ったままもどってきて、車の横へ並んだ。

「妙なものが、東からやってきます」

「なんじゃと?」

実次は、左の物見《ものみ》を開けて、外を覗いた。

車は、半分、四条大路に出ていて、左の物見窓を開ければ、四条大路の東側をずっと見渡すことができる。

空に半月がかかっていて、その月明りで四条大路が先まで見えている。

その半町ほどむこうに、何やら青く光るものがある。

そして、それが近づいてくるのである。

何か!?

すぐにはわからなかった。

が、見ているうちに近づいてきて、それが何であるかわかるようになった。

まず、十人に余る童子《どうじ》の姿が見えた。

それぞれ、唐風《からふう》の衣《きぬ》を身につけた童子が、身を寄せ合い、群《むれ》となって、四条大路を東から西へと渡ってくるのである。

車が見えた。

童子のうちのひとりが、車を曳《ひ》いているのである。

そして、他の童子たちは、その車を囲むようにして、車を押したり、持ちあげるようにしたりして、車を曳く童子の手助けをしているのである。

「それ」

「やれ」

「それ」

「やれ」

「どこまでじゃ」

「そこまでじゃ」

「それ」

「やれ」

「それ」

「やれ」

童子たちが、そんな言葉を口にしているのが、ここまで届いてくる。

車には、四本の柱が四隅に立っていて、その上に屋根がある。

その屋根の下、つまり車の上に、青く光る大きな光球——火の玉が乗っている。

その光球は、ゆらゆらと青く燃えているように見えるのだが、その火は車に燃えうつりもしなければ、童子たちが熱がっている様子もない。

それが近づいてくる。

さては、方位の見立てを間違えたか。

これは、天一神《なかがみ》の通る日にあたってしまったのかもしれない。

方違《かたたが》えを失敗《しくじ》ったか。

もしも天一神なら、その通る道筋を横ぎってしまったら、とんでもないことになる。

それもあって、牛飼童は車を止めさせたのであろう。

しかし、止めるには止めたが、その後、どうしたらよいのか。

逃げるか。

もしも、これが、百鬼夜行の類《たぐい》なら、喰われてしまうかもしれない。

「いかがいたしましょう」

と、松明をかざしながら、供の者が問いかけてくるのだが、実次にもすぐに判断がつかない。

逃げるにしても、四条を横ぎるわけにもゆかず、引きかえすには、車を反転させねばならない。

それでも——

「に、逃げよ」

実次は、それだけを言った。

だが、逃げるにしても、どうすればよいのか。

どちらへ逃げるのか。

車の向きを変えるのか。

〝逃げよ〟

ではなく、引き返せであればそれに従えばよいのだが、〝逃げよ〟では、言われた方も判断がつかない。

「ど、どのように逃げれば……」

と言っているうちに、もう、童子たちの曳く車は、眼の前に迫っていた。

結局、動けなかった。

その、動けぬ実次たちの前を、童子たちが、

「それ」

「やれ」

「それ」

「やれ」

「どこまでじゃ」

「そこまでじゃ」

車を曳きながら、通り過ぎてゆく。

その童子たちが曳く、光球の乗った車が、西京《にしのきよう》の方へ移動してゆく。

声がだんだん小さくなってゆく。

実次が、ほっとひと息ついたのは、童子たちや車の姿が、全て見えなくなってからであった。

結局、実次は、女のもとへは通わず、そこから引き返したのである。

三

「で、晴明よ」

と、博雅は、晴明に顔を寄せて、

「その実次殿と似たような目に遭われた方が、それから何人もいるのさ」

そう言った。

「菅原家茂《すがわらのいえもち》殿、橘政之《たちばなのまさゆき》殿であろう」

「もうおひと方言えば、紀長峯《きのながみね》殿じゃな」

「うむ」

晴明がうなずく。

「それで、博雅よ、この四人の方々に共通しておこっている、あるできごとについては、耳にしているか？」

「青疱瘡《あおもがさ》のことか？」

「そうだ」

「件《くだん》の怪異に出会うた者たち皆が、青疱瘡を患《わずら》っているということらしいな」

「そうなのだ。それに、青疱瘡にかかっているのは、その方々だけではない。都中に、その病《やまい》が広がっている……」

青疱瘡というのは、疱瘡に似た病で、身体中に青い痣《あざ》ができるのである。それが、痒《かゆ》い。かゆくて掻くと、そこの皮膚がやぶれて、その跡に青い水疱ができる。それがさらに痒くなる。そこを、ばりばり爪で掻くと、その水疱がやぶれて、さらに大きな水疱ができる——十日もたつうちには、ほぼ全身がその水疱でおおわれてしまう。

そういう病である。

「実は、件の藤原実次殿から、昨日報《しら》せがあってな、この青疱瘡をなんとかしてくれぬかと頼まれたのさ――」

博雅は言った。

「おれとおまえが仲のよいのを、実次殿も御存じでな、おれの口から、おまえにこのことを頼んでくれと言われたのだ」

それで、今日は、ここまでやってきたのだと博雅は言う。

「それならば、おれも、昨日、橘政之殿から同様のことを頼まれていたところであった」

「ならば、ちょうどいいではないか――」

「うむ。それでまさに、今晩、出かけてみるかと思うていたところへ、博雅よ、おまえがやってきたというわけなのだ」

「うむ――」

「まあ、今晩のことなので、急ぐこともなかろうと、酒の用意をしたのだが……」

「で、晴明よ、あれは、何なのだ」

「おれが思うた通りのものなら、今夜、かたがつくであろうよ」

「その思うた通りのものとは？」

「だから、今晩わかる」

「もったいぶるなよ、晴明、教えてくれてもよいではないか」

「あせらずともよい。それなら博雅よ、おまえも一緒にゆくか——」

「よいのか」

「うむ」

「どこへじゃ」

「いずれかの辻だな」

「何をしにゆくのだ」

「だから、件のあやかしに会いにさ。そうさなあ、あのものたちも、天一神が今夜お通りになる道は避けるであろうから、朱雀大路と五条大路が出会う辻のあたりで待てば、お目にかかれるのではないか——」

「本当か」

「ああ」

「今晩ゆくのか」

「おまえはどうする」

「ゆ、ゆく」

ならば——

「ゆこう」

「ゆこう」

そういうことになった。

四

夜――

歪《いびつ》な黄色い月が、天空にかかっている。

晴明と博雅は、五条の手前――朱雀大路の東側の角に立っている。そこに、大きな柳の古木があって、その陰が身を潜めるのにちょうどよかったのだ。

角の屋敷は、今は人が住んでおらず、崩れかけた土の塀が残っているだけだ。その塀の側に柳の古木は生えているのである。

しんしんと夜気が冷え込んでいる。

「おい、晴明、本当に来るのか」

博雅が訊ねる。

「おそらくな」

晴明が言う。

ふたりの後ろに、車と、松明を持った牛飼童がいる。

「本当に、ここを通るのか」

「これまで、あれが通った道筋のことを調べたら、なんとも上手に、天一神の通る道筋を避けている。それならば、今夜はこの五条しかなかろうさ」

晴明の声は、落ち着いている。

「怖くはないのか」

「怖いと言えば、怖いが……」

「何なのだ」

「やってくるものが、おれが思う通りのものなら、なんとかなるはずだ」

「思う通りのものでなかったらどうするのだ——」

「さあ、どうなるかな」

人事《ひとごと》のように、晴明がつぶやく。

「そんな」

「心配するな。皆が出会ったもののことを考えてみるに、他のものと間違えるということは、まずなかろうからな」

「他のものと間違える？」

言った博雅の唇を、

「しっ」

晴明が、白い右手の人差し指で、軽く押さえた。

晴明は、博雅の唇を押さえたまま、柳の陰から身をのり出して、五条大路へ顔を出し、東の方向を見た。

博雅の唇から指を離す。

「来たぞ、博雅」

博雅は、晴明の横に並んで、五条大路へ顔を出した。

東を見る。

見えた。

車だ。

屋根のある車を、十数人の童子が、押しながら、曳きながら、こちらへ近づいてくるのである。

その車に、青く光る光球が乗せられている。

そして――

「それ」

「やれ」

「それ」

「やれ」

「どこまでじゃ」

「そこまでじゃ」

そう言う童子たちの声も聴こえてくる。

それが近づいてくる。

それが、迫ってきた。

いよいよ童子たちの曳く車が朱雀大路へさしかかろうかという時——

晴明は、柳の陰から歩み出ていた。

「お、おい、晴明——」

博雅が、晴明の背に声をかけた時には、もう、晴明は五条大路の中ほどまで出ていて、そこで足を止めていた。

童子たちが、すぐ眼の前までやってきた時——

「おう、これはこれは、野憧《やどう》の皆さま方ではござりませぬか。游光《ゆうこう》殿を車に乗せて、いずれへお出かけじゃ」

晴明がそう問いかけると、

「わ」

と、童子のひとりが声をあげた。

童子たちの間に、動揺が走った。

「名を呼ばれたぞ」

「ここに現われたお方は、我らの名を知っておるぞ」

「わ」

「わ」

「逃げよ」

「逃げよ」

童子たちは、口々にそう言って、

「おそろしや」

「たまらぬ」

「たまらぬ」

車の向きを変えた。

「たいへんじゃ」

「逃げよ」

「逃げよ」

童子たちが、五条大路を遠ざかってゆく。

そのまま、童子たちは、後ろを振り向きもせず、東の方《かた》へ姿を消してしまったのである。

五

ほろほろと酒を飲んでいる。

午後の陽が明るく庭に差している。

晴明の屋敷の簀子の上だ。

「しかし、昨夜は胆《きも》が冷えたぞ」

博雅が言う。

昨夜というのは、むろん、晴明とふたりで五条大路まで出かけていった晩のことだ。

明け方になる前にもどり、まずは寝て、遅い朝餉《あさげ》を取って、落ちついたところで、酒を飲みはじめたのである。

「おまえが、いきなり出ていったものだから、どうなることかと思ったよ、晴明――」

「おれが思うていた通りのものであったのでな、あれですんだのじゃ」

「あれで?」

「おそらく、もう、二度ともどってくることはあるまいよ」

「何故、そういうことがわかるのだ」

「おれが、あれの名を呼んだからさ、博雅よ――」

「あれの名?」

「うむ」

「野僮《やどう》とか、游光《ゆうこう》とか言うていたが……」

「車を曳いていた童《わらわ》たちが野僮で、車に乗っていた、青く光る玉が游光さ」

「しかし、どうして、名を呼ぶと、あれが逃げるのだ」

博雅が言うと、晴明は、懐から一巻の巻物を取り出した。

「見ろよ、博雅」

博雅は、その巻物を手に取った。

題として、

『白沢図《はくたくず》』

と、ある。

「これは?」

「『白沢図』、と呼ばれる古い唐の書だな」

「唐の書?」

「実際は、もっと古い。お書きになられたのは、黄帝《こうてい》ぞ」

「なに!? 黄帝と言えば、唐より遡《さかのぼ》ること遥かに昔、秦《しん》、周《しゅう》、殷《いん》、夏《か》よりも以前の帝《みかど》ではないか――」

博雅の口にした通り、黄帝は、古代中国の神話時代の帝であり、名は軒轅《けんえん》。神農《しんのう》氏の後を継いで帝となった存在である。

「その黄帝が、これをお書きになられたというのか」

「そのように伝えられているということだな――」

黄帝が、諸国巡遊中に、白沢《はくたく》というものに出会ったという。

この白沢、顔は人面で角があり、その胴は四足の獣であった。

人語を解し、また、しゃべることができた。

この世の全ての精魅《せいみ》に通じ、その名前と特徴について知っていた。

この白沢が、黄帝に語ったこの世の全ての魑魅魍魎《ちみもうりよう》、妖物、人にあらざるものについて、黄帝が書きとめたものが、

『白沢図』

である。

この世にいかなる妖魅が現われようと、その名は必ずこの『白沢図』の中にある。

しかも、『白沢図』には、妖魅の図までが描かれており、もしも人が妖魅と出会ったおりにはどうすればよいかまでが記されているのである。

妖魅と出会った時、どうするか。

『白沢図』には、

「その名呼べば去る」

と、ある。

妖魅が現われた時は、その妖魅の真の名を呼べば、逃げていってしまうというのである。

それを、晴明は博雅に語った。

「どうして、その名を呼ぶと、逃げるのじゃ――」

博雅が訊ねた。

「以前にも、名というものは一番短い呪《しゅ》であると教えたろう。たれであれ、その真の名を呼べば、それを縛ることができるのは、そのためぞ。妖物も、さすがに真名《まな》で呼ばれては、逃げるしかあるまいからな――」

晴明が言う。

「では、おれたちが五条で出会ったあれのこともこの『白沢図』に？」

「ああ、載っている。奇病が流行《はや》るとこの野僮游光が現われるとも書かれているな」

「それで、青疱瘡が……」

「そうだ」

「あれで、もう、もどってはこないのか？」

「おそらくな」

「青疱瘡の方は、どうなるのだ」

「野僮游光が去ったのだ。ほどなくおさまるであろうよ」

「青疱瘡が流行ったから、野僮游光が現われたのではないのか――」

「いずれでも同じさ。呪によって、野僮游光と青疱瘡は結ばれている。ならば、いずれか一方が去れば、もう一方もいなくなるということだ」

晴明が口にした通りであった。

しばらくすると、青疱瘡にかかっていた者は癒《い》え、あらたにかかる者もいなくなったのである。

いそざき

一

梅が、咲きはじめている。

満開とはとても言えないが、どの枝の蕾《つぼみ》もふくらんで、すでにほころんでいる白い花びらも枝のあちらこちらに見えている。

花びらが開いたとたんに、それまで蕾の中に閉じ込められていた香りが、大気の中に流れ出す。

風もないのに、その香りが、庭から簀子《すのこ》のあたりまで届いてくるのである。

その簀子の上——

晴明《せいめい》と博雅《ひろまさ》は、柔らかな陽差しが作る陽溜りの中で、円座《わらざ》に座して、ほろほろと酒を飲んでいるのである。

ふたりの間には、杯と、酒の入った瓶子《へいし》の載った高杯《たかつき》が置かれている。

酒の入った杯を、口元まで持ってくると、酒の香りと梅の匂いが、なんとも色っぽく鼻に届いてくるのである。

まだ、時節としては寒いはずなのだが、風がないので、むしろ凜《りん》と澄んだ大気の冷たさが、心地よい。

晴明の脇にも、博雅の脇にも火桶が用意されているのだが、炭の上に手を翳《かざ》して、指を焙《あぶ》る必要もない。

ふたりの傍には蜜虫《みつむし》がいて、杯の酒が空《から》になるたびに、酒を注いでくれるのである。

「よい心もちだなあ……」

博雅は、酒の入った杯を持ちあげながらつぶやいた。

「なあ、晴明よ」

「なんだ、博雅」

晴明は、杯を持った右手を、立てた右膝にのせて、庭の梅を眺めている。

「人の世というものは、よいことばかりでできあがっているわけではないが……」

「そうだな」

「しかし、このようなひとときもあるということで、人は、なんとかこの世で生きてゆくということができるのだなあ」

言い終えて、博雅は、

「うん」

と、ひとりでうなずき、杯の酒を干した。

杯を高杯の上にもどし、

「しかし、不思議だなあ、晴明よ……」

博雅がつぶやく。

「何がだ、博雅」

「この、梅の薫りがだよ」

「薫り？」

「いったいこの薫りの元はどこにあるのかな？」

「薫りの元？」

晴明が、庭から、視線を博雅に向けた。

「これほど匂うているのに、枝を折ってもその枝が匂うわけではない。幹を削っても匂わず、根にもその匂いがあるわけではない。つまり、これは、花そのものが匂うているということではないか。あの梅の薫りを作っているのは、花ということではないか……」

「であろうな」

「であろうな、はよいが、晴明よ、おまえはこのことに驚かぬのか？」

「驚く？」

「この天地にある万象《ばんしょう》の、なんと不可思議なことかと、その精妙なる楽《がく》の音《ね》の如きあり方に心を動かされたりはしないのか」

「動かされるさ、むろん」

晴明は、杯の酒を干し、

「ま、何ごとも、この天地の間のことは、そのようなことなのであろうよ」

そう言いながら、空になった杯を高杯の上に置いた。

博雅の杯に、瓶子から酒を注ぎ終えたばかりの蜜虫が、空になった晴明の杯に酒を注ぐ。

「なんだか、晴明よ、おまえ、少しも心を動かされているといった顔ではないな……」

博雅は、どこか、不満そうに唇を尖らせた。

「いや、博雅よ、今、おまえの言うたことは、呪《しゅ》という考え方からすれば、実に自然《じねん》のことなのだよ。だから――」

その先を晴明が言おうとするのへかぶせて、

「そこまで――」

博雅は言った。

「そこまでじゃ、晴明」

「何故だ」

「おまえが呪の話をはじめると、終《しま》いには何が何やらわからなくなって、困ったことになるからじゃ……」

「ふうん——」

晴明が、あらたに酒が満たされた杯を手にとったところで、

「お客さまがお見えでございます」

庭から声がかかった。

声の方を見やれば、黒い狩衣《かりぎぬ》を着て、頭に烏帽子《えぼし》を被った、丈一尺半ほどの亀が、梅の樹の下に立っている。

晴明の式神《しきがみ》、呑天《どんてん》である。

現われる時は、人の姿であったり、亀の姿であったりするが、ぎょろりとした田螺《たにし》のような眼は同じである。

「どなただ」

晴明が問う。

「最明寺《さいみようじ》の、伝澄《でんちよう》和尚にございます」

「お通しせよ」

晴明が言うと、呑天は頭を下げ、背をむけて、のそりのそりと歩き出した。

「伝澄どのが？」

博雅が、晴明に問う。

「昨日、文が届いてな。おりいって相談したきことがあるというのさ。で、今日、訪ねてよいかということなのだよ」

「ほう」

「その日は、源《みなもとの》博雅さまがおいでになる日故、それでもかまわぬかと申しあげたところ、かまわぬというので、おこしいただくことになった――」

「おれがいて、よいのか」

「伝澄どのには、この晴明に話してもかまわぬことであれば、それは、博雅さまに聴かれてもまったく心配はいらぬことであるとお伝えしてある。全て承知でこちらへ足をお運びになられたということじゃ――」

「そうか――」

「それとも、博雅よ、おまえがいやだというのであれば、しばらく席をはずすのでもかまわぬぞ」

「いや、最明寺の伝澄和尚と言えば、天下の名僧ではないか。おれも、前々から、おりあらばお目にかかりたいと思うていたお方ぞ――」

「では、ここで、共にお会いしようではないか」

晴明がそう言った時、呑天に先導されて、庭に伝澄が姿を現わした。

ひとりではなかった。

その背後に、ひとりの女が従っている。

人相も、年齢もわからない。

というのも、その女は、頭から、黒い被衣《かずき》を深く被っていたからである。

二

晴明と博雅は、位置を変えて、今はふたり並んで簀子の上に座している。

庭側に、庭を右手にするかたちで晴明が座し、その横に博雅が座しているのである。

ふたりの前に、伝澄と女が座している。

伝澄が晴明の前——女が、博雅の前であった。

女は、まだ、両手で持ちあげた被衣を深く被っていて、しかも被衣の中でうつむいているらしく、その顔は見えない。

「最明寺の伝澄にございます」

伝澄は、まず名のり、自分の右横にいる女へ眼をやってから——

「わが母にございます」

そう言った。

すると、被衣の内側から、

「あぐりにございます……」

細いけれども、まぎれもない女の声が響いてきた。

その声が、くぐもっている。

「で、用件は?」

晴明が問う。

「母上、その被衣を……」

伝澄がうながすと、女は、ためらいを見せた。

「どうぞ、その被衣を――」

再度うながされて、女は、ようやく頭から被っていた被衣を取り去った。

その下から現われたものを眼にして、

「あ……」

と、博雅は、半分出かかった声を呑み込んだ。

被衣の下から現われたのは、奇怪な顔であった。

大きく見開かれた両眼が左右に吊りあがっている。

岩のようにごつごつした鼻。

耳のすぐ下まで裂けた口からは、何本もの鋭い歯が伸びている。

何よりも奇怪であったのは、その顔が歪《ゆが》んでいたことだ。

顔のかたちそのものが、左右で違っているし、両眼の位置もその形状も左右で違っているのである。鼻のかたちも口のかたちもそうであった。
共通しているのは、ただひとつ——その眼も、鼻も、口も、憎悪に満ち溢れていると
いうことだ。
そして、額からは、一本の、歪《いびつ》な角が生えていたのである。
そして、よくよく眺めてみれば、その顔は、本当の人の顔ではなかった。
木に彫られた、仮面であったのである。
女——あぐりの声が、さきほどくぐもって聴こえたのは、この仮面を被っていたから
である。
「この仮面を、晴明さまのお力で、母の顔からはずしていただきたいのです——」
伝澄は言った。

三

あぐりの夫《つま》は、磯崎某《いそざきなにがし》という武士で、下野守藤原秀郷《しもつけのかみふじわらのひでさと》に仕えていた。
ふたりには、十《とお》になったばかりの男の子があった。
さて——
この磯崎某、ある時、秀郷から用事を言いつかり、下野国を出て、しばらく都で暮ら
すこととなった。

夫《つま》は一年足らずでもどってはきたものの、ひとりの女をともなっていた。

色の白い、ころころとよく笑う、美しい女であった。

歳の頃で言えば、二十歳《はたち》前後であろうか。

母屋から少し離れたところにもう一軒家を建て、そこへこの女を住まわせた。

磯崎某は、都から帰ってきてからというもの、この若い女のところへ行ったきり、あぐりの住む母屋の方へはほとんど寄りつかない。

本妻の他に、通う女が何人かいるというのは、この頃、普通にあったことではあるが、それでも本妻の方をたててもらわぬことにはあぐりにも立場はない。

新しい女を、あぐりはまだ見たことがなかったが、美しいとの噂で、それとなく聴き耳をたててみれば、こちらとあちらの家を行き来している使用人たちの評判もいい。

「よく気がつく」

「お優しい」

「あぐりさまよりも気だてがよろしい」

そういう言葉が耳に入ってくる。

それは、あぐりもくやしいから、ついつい使用人にも辛くあたってしまう。

一年もたつ頃には、すっかり、あぐりの性格も変わってしまった。

たまに顔を出す夫にも、愚痴を言い、強い言葉を投げつけるので、夫はますますあぐりの所へは顔を出さなくなる。

ある晩——

「どれほどのものか」

と、女の家まで忍んで行って、中の様子をうかがった。

蔀《しとみ》を細く開けて、中を覗けば、燈火が点《とも》っていて、夫と女が酒を飲みながら語っている。

女は、あぐりが想像していたよりずっと美しく、夫は夫で、自分には一度も見せたことのない満足そうな顔で女を見つめ、手を握ったり、口を吸いあったり、笑ったりしている。

夫の笑う顔など、これまでほとんど見たことがない。

こんなに笑う男であったか——

激しく嫉妬の炎が燃えあがった。

女は、こんなことも口にした。

「あなたが、わたしによくしてくださるのは嬉しいけれど、たまにはあぐりさまのこともかまってあげてくださいな」

これを耳にした時には、かあっと、自分の血が煮えて真っ黒になったかと思った。

くやしい。

くやしい。

なんということを言うのか。

夫の手が、女の胸元から襟の中へすべり込んだところまでは見たが、あとはそこにいたたまれなくなって逃げ出した。

走って家まで帰ったのだが、吐く息からも、嫉妬の青い炎がめろめろと燃え出てくるようであり、さっきの光景や女の声を思い出すと、頭が煮えたようになって、耳から、ちろちろと緑色の炎がこぼれ出てくるような心地がした。

その炎が消えなかった。

その炎が、身体の内側から肉を焙《あぶ》るのである。

息を吐けば、その炎で自分の肉の内が焦げる臭いがする。

自分の夫と女——このふたりを憑《と》り殺してやりたい。

そのように思うようになった。

しかし、どうすればよいのか。

悶々としながら季節がふたつほど入れかわった頃、あぐりはある噂を耳にした。

播磨《はりま》から、ひとりの陰陽法師《おんみようほうし》がこの下野国までやってきて、近くの破《や》れ寺に住み、占いなどをやっているという。

わずかな食い物と酒を持ってゆけば、どのような頼みごとでも聞いてくれるというのである。

迷ったけれども、あぐりは、その陰陽法師のところまで出かけていった。

「憑り殺したい者がいるのです」

あぐりは言った。

話を聞いて、陰陽法師は次のように言った。

「ぬしのかわりに、このおれが、そのふたりを憑り殺すわけにはいかぬな」

「何故でござります」

「おれが、自らに課した決まりじゃ。おれは、やり方を教える。やるのはぬしじゃ。さすれば……」

「さすれば？」

「もしも、ぬしの考えが変われば、その時、やめることもできるということさ。もしも、おれがやったら、確実に相手は死ぬでな……」

「考えの変わることなど、ありませぬ」

――にくきおんなとおとこ、とらまえてわれとともに、ならくにしずまん。

あぐりは、そう思いつめている。

「もとより、わたくしが自らの手で憑り殺す覚悟にござります」

このように、あぐりは言った。

「では——」

と言って、その陰陽法師が教えてくれたのが、次のような方法であった。

「鬼の面を彫るがよい」

「鬼の面？」

「いかにも」

「面の打ち方なぞ、わたくしは知りませぬ」

「知らぬでよいのじゃ。好きなように打てばよい」

そう言って、その陰陽法師は一本の鑿《のみ》を取り出し、

「これは、おれが、日頃持ち歩いている、似たような呪法《ずほう》に使う鑿じゃ。これで鬼の面を打て。上手下手は問わぬ。心を込めて打て。四、七の二十八日かけて、打つのだ。よいか、ただし、この面を打つところ、たれにも見られてはならぬぞ。できあがりたればその面を自ら被るのじゃ。さすれば、たちどころにぬしは鬼神と変じて、思いをとげることができよう——」

このように言って、その鑿を、あぐりに渡したのである。

その鑿をもって、四、七の二十八日かけて、あぐりは鬼の面を打った。

鬼がどのような顔をしているのか、あぐりにもわからない。しかし、懸命に彫った。

二十八日の、月の晩に彫りあがった。

ためしにその面を被ってみたら、体内に不思議な力が滾々《こんこん》と湧いてくる。

それが、みりみりと肉を割って、肉の中に満ちた。

鑿を握って、夜気の中に駆け出した。

疾《はや》い。

疾い。

飛ぶように駆けて、戸を蹴り破って、夫と女の家に躍り込んだ。

「いでいで、命をとらん」

びっくりして逃げようとする夫の額に、鑿をめり込ませた。

逃げることもできずに腰をぬかしている女の髪を左手で握りしめ、腕に巻きつけて、

「おもいしれ、おもいしれ」

女の顔を、鑿でほじくるようにして、そこへ、鬼の顔を彫り込んでやった。

最初は悲鳴をあげていた女であったが、彫り終るころには、声も出なくなっていた。

気がついたら、女は死んでいた。

そのまま家に帰った。

家で、その面をとろうとしたのだが、とれなかった。

面が顔の肉にめり込み、肉と面とが同化して、とろうとすると、顔がちぎれるように痛い。

そのまま、素足で逃げ出し、二度と家にはもどらなかった。

四

それが——

「二十年前のことにござります」

女は、面の下に隠れた口で、晴明と博雅にそのように言った。

顔を隠し、時にはその鬼の顔を出し、見せものとして踊り、わずかに食いぶちを稼ぎ、乞食《こつじき》のようにして生きてきた。

京に流れてきて、三年、もの乞いに立ちよった最明寺で出会ったのが、

「わたくしでござりました」

伝澄は言った。

「わたくしは、母がふたりを殺《あや》めていなくなってから、世をはかなんで入道し、幾つかの寺で修行した後、四年前に都の最明寺に入ったのですが、仏の御加護があったのか、三日前、こうして母に会うことができたのです——」

「なんと……」

博雅は、その後、声もない。

二十年ぶりの再会であった。

伝澄は、なんとかその面をとろうとしたが、

「痛や、痛や」

と、あぐりが悲鳴をあげる。

知っている限りの経を読んでみたが、面はとれそうにない。

それで、思いあまって、

「晴明さまにおすがりするために、足を運んでまいりました」

と、伝澄は言う。

「では、少し、見てみましょう」

晴明は立ちあがり、その面に指先をあてたり、軽く息を吹きかけたりした後、

「無理ですね」

溜め息と共に言った。

「とれませぬか」

伝澄が問う。

「はい」

すると、晴明の横に並んだ博雅が、

「おい、晴明よ。そんなことがあるか。おまえは何でもできるのではなかったか――」

このように言った。

「博雅よ、おれにもできぬことはあるのだよ……」

「何故できぬ。何ができぬのじゃ」

「たとえば、人の心を変えることじゃ」

「何だ。何のことを言っているのだ」

「こちらのあぐりどの、まだ、そのお心が変わってはおらぬ……」

晴明は、あぐりを見、

「そうですね？」

そう問うた。

「はい」

あぐりはうなずいた。

「わたくしは、まだ、あのふたりを恨んでいるのでございます。それはならぬと、何度も何度も、自分に言い聞かせようとしたのでございますが、ふたりを許すこと、いまだにできぬのでございます。こんなに苦しいのに、ふたりを許せぬのでございます。許したいのにどうしても許せぬのでございます……」

哭《な》きながら、あぐりは声を震わせた。

「あぐりどのの心が変わらぬ限り、面をとることはできぬ」

晴明が言うと、博雅は、

「これを仕掛けた、陰陽法師どのはどうじゃ。このもとを作った、陰陽法師なれば、この面をはずすこともできるのではないか」

膝立ちになって、

「あぐりどの、件《くだん》の陰陽法師の名は、何というのじゃ」

このように問うた。

すると、あぐりは、膝をただし、博雅に鬼の面を向け、

「蘆屋《あしや》道満《どうまん》と申されるお方にございります」

そう言ったのであった。

五

道満は西京《にしのきよう》のはずれの破れ寺《や》にいた。

屋根の半分は落ち、柱も倒れ、壁は崩れて、雨も風も雪も、四季おりおりのむき出しの自然《じねん》が入り放題の寺であった。

ただ、庭に咲いている紅梅がほぼ満開で、それが凄まじく匂っている。

板の間の半分は腐れて、腐ったところからは、はこべらやのかんぞうの芽が、ほつりほつりと顔を出している。

わずかに残った床らしきところに、道満は胡座《こざ》して、背を傾いた柱に預けている。

みしり、

みしり、

と、床を踏みぬかぬように歩きながら、晴明はその屋根の下に入っていった。

道満は、眼を閉じていたのだが、その足音を耳にして、

「晴明か……」

薄目を開けた。

皺《しわ》と区別がつきにくい目蓋《まぶた》の間から、ぬめぬめとした黄色い眼だまが光る。

白髪、白髯《はくぜん》——黒いぼろぼろの水干《すいかん》の如きものを身につけている。

「お久しゅうござります」

晴明は言った。

「何の用じゃ」

道満が言う。

「実は、御相談いたしたきことがござりまして——」

「ほう、天下の安倍《あべの》晴明にも、手におえぬことがあったか……」

「はい」

「なんじゃ」

「会っていただきたい方がござります」

「たれじゃ……」

道満が言う。

「博雅、これへ」

晴明が、背後に声をかけると、床を軋《きし》ませながら、博雅が姿を現わした。

その後ろに、伝澄、そして、あぐりが続く。

三人が、晴明の横に並んだ。

道満は、鬼の面を被ったあぐりを、下からしげしげと見つめている。

「こちらの方に、覚えはございますか？」

晴明が訊く。

「はて、覚えがあるかと言われても顔がわからぬではなあ――」

「二十年前、下野国に、おられましたね」

「確かにいたが……」

「そのおり、どなたかに、面を打てと助言なされましたか……」

晴明が言うと、道満は、下からしげしげとあぐりを見つめ、ふいに、何か思い出したように、

「あの時の女か……」

そうつぶやいた。

「あの時の女でござります……」

面の下から、あぐりが言った。

「ということは、面を打ちあげて、それを被ったということだな……」

「その時の面が、今、わたくしが被っているこの面にござります」

「なんとも凄まじい……」

「道満さま、実は、二十年前に被ったこの面が、とれませぬ」

晴明が言った。

「とれぬ?」

「はい」

あぐりがうなずく。

「思いはとげたか」

「ええ」

「それで、その面がとれぬとはなあ……」

言いながら、何か、ひとつずつ思い出しているのか、うなずきながら、道満が言う。

「この面をどうにかして、道満さまのお力でとっていただくことはできませぬか?」

晴明が言う。

「ぬしができぬのだ。それが、このおれにできると?」

「道満さまならば、あるいは……」

「とることはできぬが、割ることならば……」

「割る？」

「それも、あの時渡した鑿が必要じゃ」

「それならば、ござります」

答えたのは、あぐりであった。

懐《ふところ》に左手を入れ、そこから、赤さびた鑿を取り出した。

「なるほど……」

道満は、右手の指で、ごりごりと頭を掻いた。

「まさか、持っているとはなあ……」

しかたがない――

そういう顔で、道満は立ちあがり、あぐりの手から鑿を受け取った。

「よいのか？」

道満が訊ねたのは、あぐりではなく、晴明であった。

「はい」

晴明がうなずく。

「どうなっても、わしは知らぬぞ……」

「固い御決心なれば」

晴明が言うと、

「お願い申しあげます」

あぐりが言う。

「では――」

道満は、左手で鑿を逆手《さかて》に持ち、その錆《さ》びた刃先を面の額にあて、右手で鑿の尻を軽く打った。

いくらも力を入れたとは見えぬのに、

かっ、

と鑿が、面の中に潜り込んだ。

額のところから、面が、左右ふたつに割れて、

からん、

からん、

と、あぐりの足元に落ちた。

「まあ」

と、喜びの声をあげたのは、あぐりであった。

しかし、声をあげたのは、あぐりただひとりであった。

博雅と伝澄は、

「むう⁉」

言葉を呑み込んでいた。

博雅と伝澄は、息もせずに、あぐりの顔を見つめている。

「何です、どうしたのです⁉」

あぐりが言う。

「これは……」

やっと、それだけを博雅は言った。

あぐりの手の指が、不安気に自分の顔に触れ、それが、額にあるものをさぐりあてた。

それは、一本の角であった。

面の角ではない。

まぎれもなく、あぐりの額から伸びた角であった。

面の下のあぐりの顔は、あぐり自身が彫って被っていた面と、そっくり同じになっていたのである。

六

闇の中で、濃く梅が匂っている。

土御門大路《つちみかどおおじ》にある晴明の屋敷の簀子の上だ。

月が出ている。

燈火をひとつだけ点《とも》し、晴明と博雅は、並んで酒を飲んでいる。

ふたりの前に、道満が座して、やはり酒を飲んでいる。

三人に、酌をしているのは、蜜虫であった。

三人とも、口数は少ない。

「おれたちは、よけいなことをしてしまったのかなあ、晴明よ……」

ぽつりと博雅は言った。

「いずれも、あの女の望んだことじゃ……」

ぼそりと道満が言う。

「わしが、二十年前、あの女に渡した鑿、あれは、ただの鑿でな。どういう力も持ってはおらぬ……」

「では……」

「あの女が、自ら望んで、ああなっただけのことじゃ。恨みが消えぬ以上、面はとれぬし、とれても、顔があのようになるだけのことじゃ……」

「――」

「まあ、あの女の想念というのも、この梅の香《か》のごときものであろうよ……」

道満がつぶやく。

「梅の香？」

「梅ならば、いやでもこうして匂い立つ。その因《もと》は、根や、幹にあるのではない。その心にあるということじゃ。わしにもどうすることもできぬし、晴明にもどうにもできるものではない……」

「晴明よ、おまえは、こうなるのがわかっていたのだな……」

博雅が問うと、晴明は無言でうなずいた。

「わかっていながら、どうして――」

「あの方が望まれたことであるからな……」

晴明が、杯を口に運びながら言う。

「放っておいても面をとれず、苦しみ続けるのは同じじゃよ」

道満が言う。

「どうせ同じならば、あぐりどのの望まれたことをと――そういうことか……」

博雅がうなずく。

いずれにしろ、無明《むみょう》の闇の中である。

わずかな救いとすれば、別れ際に、

「母の行く末は、このわたくしが最後まで……」

哭き続けるあぐりの肩を抱いて、伝澄がそう言ったことであった。

「人とは、なんと無力なことであろうか――」

博雅の眼からは、ほろほろと涙がこぼれている。

持ちあげかけた杯を唇に運ぶ途中で止めたまま、

「しかも、なんとおろかで……」

博雅は言った。

「博雅、笛を――」

晴明が言った。

博雅は、杯を置いて、懐から葉二《はふたつ》を取り出した。

朱雀門《すざくもん》の鬼から手に入れた笛である。

ほろほろと、笛の音《ね》が滑り出てくる。

その音が闇に溶け、月の天に向かって、優しい色を放ちながら、月光の中を昇ってゆく。

たまらなく梅が匂っていた。

なやましい、夜であった。

読人《よみびと》しらず

一

夜——

庭の桜が散りはじめている。

満月を一日過ぎた十六夜《いざよい》の月が出ている。

天から注いでくる月光が、桜の花びらに染み込んで、その重みに耐えかねたかのように、花びらが枝から離れてゆくのである。

簀子《すのこ》の上に座して、藤原明麻呂《ふじわらのあけまろ》は、それを眺めている。

燈《とも》火をひとつばかり点し、すぐ傍には、硯《すずり》と筆、そして紙が置かれている。

そこにいるのは、明麻呂ただひとりである。

家の者は、全て眠っている。

明麻呂だけが、ひとり簀子に座して、さきほどから——

「うーむ……」

「むうむ……」

小さく唸《うな》っては、
と溜め息をついているのである。

ふう……

歌を作ろうとしているのである。

女からもらった歌に、歌を返さねばならないのだが、それがうまくまとまらないのだ。

このところ、ちょっと通う足が遠のいてしまった女だ。

その女が、北へ帰ってゆく雁《かり》のことを歌にして送ってよこしたのだ。

毎年、冬になる前——つまり秋に、北の国から雁が渡ってくる。その雁が、毎年春になって、桜が咲き散りかかるこの頃、北へ帰ってゆくのである。

何羽かの雁の群が空を飛んで、鳴き交《かわ》しながら月の天を、いず方《かた》へか去ってゆく。

昨夜も、雁が、月光の中を鳴きながら飛んでゆくのを見た。

女は、自分を雁にたとえて、いったいどちらへ飛んで行ったらよいのでしょう、という歌を送ってよこしたのである。

それに、返しの歌を書かねばならないのだ。

この返しの歌をどうしたものかと思案しているのである。

ああ——

もうしわけなかった、このところいそがしくて、ゆく間がなかったのだよ。しかし、明日にもそなたのもとへ飛んでゆくよ――という歌であれば、すぐにでも、いくらでも作ることができる。

また、逆に、もう通わぬということであれば、翼が折れただの、風が強すぎるだの理由を適当にくっつけて、もう、自分は飛ぶ勇気を失ってしまったと書けばそれですむ。

それで、あちらも察してくれるであろう。

しかし、そうしてしまうには、まだ、多少の未練が残っていて、いましばらくは、女の心をつなぎとめておきたい。

実を言えば、別に通う女ができて、そちらの方で、今は手がいっぱいなのである。

想《そう》はないわけではない。

すぐに飛んでゆくよという歌ではなく、かといって、もう通わないよという歌でもない、どっちつかずの歌で、ここはひとつ、もう少し猶予をおきたい。

このどっちつかずの歌が、難しいのだ。

それで、昨日から頭をひねっているのである。

どうしたらよいのか。

たれぞに、自分に代って歌を作ってもらおうか。

そんなことまで考えているのである。

「ふるさとに……」

と、口に出してみる。

「小夜《さよ》ふけて……」

と、口に出してみる。

「帰る雁がね、帰る雁がね……」

とつぶやく。

その時——

できた。

できてしまった。

頭の中で、ばらばらに居場所を決めかねていた言葉が、いきなり、ぱたぱたと収まるところに収まって、歌ができあがっていたのである。

ふるさとに帰る雁がね　小夜ふけて
雲路にまよふ　声聞こゆなり

これはいい。

それを、口に出して、舌の上でころがしてみる。

「ふるさとに帰る雁がね小夜ふけて雲路にまよふ声聞こゆなり……」
いいじゃないか。
雁が、つまり女が、どちらへ飛んでいってよいかわからないというそれを、なぞって
みせただけの歌だ。
どうしたらよいのか——
と、いう女の声が聞こえているよという、それだけの歌だ。
その声は確かに聞いたよ——
しかし、聞いたからどうするということは、この歌は言っていない。
いいじゃないか。
しかも、どっちつかずという、自分の心に対して嘘をついているわけでもない。
いや。
いやいやいや。
考えた甲斐があった。
この歌ひとつだけとってみれば、格別に優れているというものではない。
しかし、しかし。
よくできている。
さすがは、おれ。

さすがは藤原明麻呂。

ようやった、明麻呂。

酒でも一杯やりたい気分であったが、まずは、今、頭に浮かんだ歌を書きとめておかねばならない。

明麻呂は、紙を左手に持ち、右手に筆を握って、燈火ににじり寄り、今、頭に浮かんだばかりの歌を書きとめてゆく。

書き終えたあとに、

「明麻呂」

と、自分の名前を入れた。

そこで、あらためて、その歌を口に出して読む。

よい響きであった。

よし、これでゆこう――

そう思った時、

「なかなかよい歌ではないか――」

そういう声が響いた。

たれか？

声は、庭の方から聞こえてきた。

そちらに眼をやると、桜の下に、何やらぼうっと白い影が立っている。人のようだ。

「たれじゃ」

問えば、

「太薫《たいくん》じゃ……………」

そう答えて、その白い影が、ゆるゆると月光の中に出てきた。

見れば、人の姿をしている。

それで、明麻呂はほっとしたが、人だとしても安心はできない。

こんな夜分に、どうして見知らぬ者が庭にいるのか。

いつやってきたのか。

さっきまで、歌のことを考えていた時は、桜の下には誰もいなかったはずだ。

それに、人にしては、まるで重さがないような歩き方をする。

月光の中で立ち止まった。

桜の花の下から歩み出てきた漢《おとこ》——自らを太薫と名のったものは、袍《ほう》を身に纏《まと》っていた。

しかし、奇妙であったのは、その色が白であったことだ。

袍は、身分の高い者が身につける衣装である。

四位《しい》以上は、黒い袍――黒袍《くろほう》を身につける。

その袍の色が白いのである。

はて、いったい、どのような身分の者が白い袍などを身につけるのか。

明麻呂にも見当がつかない。

それに、白いのは、衣《きぬ》だけではなかった。

頭に被《かぶ》っている冠《かんむり》も、その垂纓《すいえい》までもが白いのである。

そして、履いている沓《くつ》も白であった。

白袍《しろほう》を身に纏う者なぞ、これまで見たことがない。

人ではないのか!?

明麻呂は、心の中でそう思ったのだが、それを見透かされたように、

「いかにも、おれは、人ではない」

太薫はそう言った。

「それが、どうしてこのような人の形《なり》で出てきたのかというと、ぬしを驚かさぬためじゃ――」

「で、では、あなたさまはいったいどういうお方でござりましょう」

「それは、言わぬでおこうよ」

「お、鬼。まさか、鬼では……」

「ま、鬼ではあるであろうな。人から見ればそういうものじゃ」

見たところは美しい。

着ているものもそうだが、肌も透きとおるほど白く、血の色が透けて見えそうである。

眉細く、鼻筋は、青い菖蒲《あやめ》の茎のごとくに直《すぐ》に通っている。

ただ、唇だけが赤い。

その唇の内側に、夜目にも白い歯が覗いている。

「そ、その太薫さまが、いったいどのような御用でござりまするか——」

「今の歌、気に入った」

「は？」

「いや、実によい歌である」

「それが、何か？」

「おれにくれぬか」

「あなたさまに？」

「そうじゃ」

「し、しかし、それは……」

「よいではないか。歌なぞ、また、別に作ればよい」

「い、いいえ。あなたさまに、いましがたの歌をさしあげるということの意味が……」

「いやいや、おまえがうんと言えばよいのさ。言えば、その瞬間から、これはおれの歌じゃ」

「――」

「さすればこのおれが、これは自分の歌であると言うてもよいことになる」

「わたしの方は……」

「これは、自分の作った歌であるとは、言えぬことになる。つまり、女にもその歌を送ってはならぬということだな。ならぬも何も、そんなことはできぬようになる」

「どういうことでござりましょう」

「だから、言うた通りさ。さ、どうじゃ」

「と言われても……」

「不服か？」

「もしも、さしあげるのはいやじゃと言うたれば、どうなりまするか――」

「さて、どうなるかのう……」

さぐるような眼で、太薫が、明麻呂を見やる。

「とられて、食われまするか」

「まさかよ。おまえが食われたいと言うのであれば別だがな」

怖いことを言う。

「もしも、この歌を、太薫さまにさしあげたらどうなります」

「礼のことか？」

「そういうことでは――」

「もちろん、礼はするぞ」

「礼？」

「女がよいか。絶世《ぜっせい》の美女をひとり、おまえにくれてやろうではないか」

「び、美女を？」

「この世のものとは思われぬほど、美しい女よ」

太薫が言うと、桜の樹の下に、ぼうっと立つ影があった。

「来よ」

太薫が言うと、その影が、しずしずと桜の下から歩み出てきた。

唐衣《からごろも》を着た女であった。

太薫が口にした以上の美しい女であった。

「おう、これは――」

見た瞬間に、明麻呂はその女の虜《とりこ》となった。

「この方を、わたしのものにしてよろしいので……」

「むろん」

「おお……」

件《くだん》の歌を送ろうと思っていた女よりも、その後に通うようになった女よりも美しい。

それなら、歌のひとつやふたつ、どうでもいいではないか。

同じ歌はだめでも、他に、歌ならいくらでも作ることができるではないか。

決めた。

二

「で、その歌を、太薫殿にさしあげてしまったというわけですね」

そう言ったのは、安倍晴明《あべのせいめい》であった。

土御門大路《つちみかどおおじ》にある、晴明の屋敷の簀子の上だ。

そこには、源博雅《みなもとのひろまさ》も座している。

ふたりで、酒を飲んでいるところであったのか、簀子の上には、酒の入った杯がふたつ、置かれている。

昼——

明るい陽差しの中で、桜の新緑が、風に揺れている。

「はい」

問われた明麻呂がうなずく。

「それが、いつのことなのでしょう」

「ひと月ほども前のことです」

「で、お困りのことというのは、何なのですか？」

「それが、なんとも不思議なことに、あの太薫にくれてやった言葉を、しゃべることができないのです」

「なんと……」

　驚いた声をあげたのは、博雅であった。

「それで、先ほどらい、歌のことを口にする時、口ごもったり、首を振ったりしておられたのですね」

　博雅は言った。

「そうなのです。頭の中では、歌のことを一字一句覚えているというのに、それを口にすることができないのです。歌だけでなく、歌に使った言葉を口にしようとすると、口が動かなくなり、書こうとすると、手が動かなくなるのです」

　なんとも弱りはてた顔で、明麻呂は、額の汗を拭いた。

　明麻呂の話は、確かに不思議であった。

　鬼にくれてやった歌の話をしているのに、肝心のその歌が口から出てこなかったからだ。

それを、博雅は眼の前で見ている。

今話を聞いてみると、わざとそうしているのではなく、歌も、歌に使った言葉も、口にすることができないばかりでなく、書くこともできないという話ではないか。

「確か、その時、作った歌をお書きになっていますね。その歌を記した紙はどうなされました？」

晴明が訊ねた。

「実は、それが、その書きつけも、太薫が持っていってしまって、手元にないのです」

どういう歌であるかはわからないものの、明麻呂が土御門大路までやってきた目的は、その歌が何であったかを思い出すためではないということは、晴明も博雅も理解している。

では、何が目的かというと、自分の喉につかえたまま、出てこようとしない言葉を、自由にしゃべることができるようになりたいということなのだ。

しかし、どうしたらよいのか。

ふるさと
帰る
雁がね
小夜

ふける
雲路
まよう
声
聞こゆ

帰る、小夜——つまり夜、まよう、声、聞こゆ、などは、明麻呂でなくとも日常的に使うことは多々ある。

　これらの言葉が使えぬのでは、不便極まりない。しかも、どの言葉が使えぬか、というのを、知人に伝えることもできない。

　なんとか、言いかえをすることで、これまではしのいできた。

　声ならば、「口から出る音」と言いかえができる。

　帰る、だったらもどると言えばいいし、雲路なら、雲の通う路、と言えばいい。

　しかし、そういうことを一日に何度となく考えねばならぬというのは、さぞや不自由なことであろう。

「それについては、いささか思うところがござります」

　晴明は言った。

「思うところ？」

「はい」

「何でしょう、その思うところ、というのは──」

「とにかくやってみましょう。うまくゆくかどうかはまだわかりませぬが……」

「いったい、それは──」

と明麻呂が問う。

「楽しみにお待ちください。これでうまくいったら、真っ先にお報《しら》せさせていただきましょう」

晴明が、そう口にしたら、明麻呂としては、もう、待つしかなかったのである。

三

「どうじゃ、歌はできたか、博雅よ」

晴明が問うたのは、朱雀門《すざくもん》の下である。

深夜──

中天に、少し欠けはじめた月がかかっている。

風の中に、萌え出た緑の香りが濃く漂っている。

「いや、できることはできたのだが……」

博雅が、口ごもる。

「できなかったのか」

「できることはできたと言うたではないか」

「では、それを、おれに見せてくれぬか」

「そう言うと思うたのでな、だから、ついつい返事が曖昧なものになってしまったのだ」

「見せたくないのか」

「そうだ」

「何故見せたくないのだ」

「見せれば、晴明よ、おまえが必ず何か言うであろうからな」

「言うたらまずいのか」

「いや、まずい、まずくないというより、おそらくおれは、おまえがおれの歌について何か言うのを聞けば、必ずおもしろくないと思うに決まっているからじゃ」

「見せてみなければわからぬではないか」

「いいや、わかる」

「では、わかるかわからぬか、見せてもらおうではないか——」

「いやじゃ」

「しかし、すぐにわかることになる。多少、わかるのが早いか遅いかの違いがあるだけで、いずれにしても同じことではないか——」

晴明に言われて、博雅は、しかたなさそうに懐から紙を取り出して、晴明にそれを渡した。

「よいか、晴明よ。笛であろうが、歌であろうが、おれは、こういう時、いいかげんにするということができないのだ」

「わかっているさ、おまえはそういう人間だからな」

「うまい下手ではないのだ。おれが心を込めて作ったものに、おまえが余計なことを口にすると、おれは、たぶん……」

「たぶん？」

「傷つく」

「だいじょうぶさ」

言いながら、晴明は、博雅から受け取った紙を開いて、月明りにかざした。

その紙には、

天《あま》の戸を　おし明け方の　月見れば
憂《う》き人しもぞ　恋しかりける

そうあった。

「ほう……」

晴明は、小さく声をあげた。

「なかなかのものではないか」

「そうか――」

少し、ほっとしたような声で、博雅がうなずく。

「しかし、博雅よ、おれは知らなかったぞ」

晴明の口元に、月明りにもそれとわかる笑みが浮かんでいる。

「何だ、何を知らぬというのだ」

「この憂き人というのは、どなたのことじゃ――」

言われて、

「あ……」

と、博雅は小さく声をあげた。

「これはつまり、憂き人――つれないお方のことが恋しいと、明け方の月を眺めながら思っているという、そういう歌ではないか――」

「い、いや、晴明よ、これはそういう歌ではない」

「どういう歌なのだ」

「いや、晴明よ、おまえが歌を作ってこいというから、太薫殿はきっとかような歌が好みであろうかと、そう考えて読んだものじゃ。おれのことではない」

「博雅よ、おまえ、今、こういう時、いいかげんにするということができないと、その口で言うたばかりではないか。うまい下手ではなく、おれが心を込めて作ったものであると――」

「い、いや、それはだな――」

「なるほど、そういうお方が、おまえにもあったということなのだなあ……」

「おれをからかうのはよせ、晴明――」

「からかってなどおらぬ」

「いいや、からかっている」

「そんなことはない」

「そもそも、何で、おれが歌を作らねばならぬのだ。おまえが作ればよかったのだ、晴明よ――」

「いや、おれはこういうことには不調法でな。おれには、人の心を動かす笛を吹いたり、歌を読んだりするのはできぬのだ。おれの歌では、太薫殿を呼ぶことはできぬ。おまえでなくてはできぬことじゃ――」

「褒めてもだめじゃ」

「いいや。よくできた歌じゃ。どれだけ想うていても、相手あってのことだからな」

「う、うむ」

「鳥でも蝶でも、愛《いと》しい方の前でいくら踊ったり舞ったりしても、相手の方がなかなか気づいてくれぬということはよくある」

「そうだな、よくあることではあるな」

「とにかく、始めよう、ゆこう、博雅——」

晴明が言うと、

「わかった、ゆこう」

博雅もまたうなずいたのであった。

四

博雅は、朱雀大路《すざくおおじ》を、羅城門《らじょうもん》の方角——つまり、南へ向かってゆるゆると月明りの中を歩いている。

そのすぐ後ろを丈《たけ》一尺ほどの晴明が歩いてゆくのだが、それは、紙で作った人形《ひとがた》であり、その胴のところに〝隠形神通《おんぎょうじんつう》〟と書かれているため、その姿は見えない。

晴明自身は、ほどよく離れたところを、たれからも見られぬよう、物陰に隠れながら、博雅の後を尾行《つ》いていっている。

時おり博雅が、

「天の戸を――」

と、歌の頭をつぶやく。

「おし明け方の月見れば……」

そこまで口にして、

「うーむ」

と唸る。

そしてまた、

「天の戸を　おし明け方の月見れば……」

そこまで言って、

「うーむ」

と唸る。

こんな調子で、四条大路に近いところまで下ってきて、

「天の戸をおし明け方の月見れば憂き人しもぞ恋しかりける」

自ら作った歌の最後までを詠んで、

「おう、できたぞ……」

そう言った。

自分の作った歌を詠んでいるうちに、自然に心が入ってしまったのか、歌の全部を口にした声には実感がこもっており、「おう、できたぞ」の言葉には、感動の響きさえあった。

その時——

「なかなかよい歌ではないか——」

そういう声が聞こえてきた。

ちょうど、四条大路にさしかかったところであった。

見やれば、四条大路と朱雀大路が交わったそのまん中あたりに、ぼうっと立つ白い影があった。博雅は、そこで立ち止まった。

月明りで見れば、白い袍《ほう》を着て、白い垂纓《すいえい》の冠を被った人影であった。

「いや、よい歌じゃ、よい歌じゃ——」

言いながら、その白い影は、じわじわと博雅の立つ方へ向かって歩を進めてくると、そこで立ち止まった。

眼と口元に笑みを浮かべた、美しい漢《おとこ》であった。

「どうじゃ、その歌を、おれにくれぬか」

「あなたさまは？」

「太薫じゃ」

「太薫殿？」

「そうじゃ。おまえは？」

「源博雅と申す者にてござります」

「おう、あの笛の上手と名高い源博雅殿がそなたか——」

太薫の声に、驚きと悦《よろこ》びの響きが混ざった。

「そんなにたいそうな名前ではござりませぬ」

「いやいや、謙遜、謙遜——」

太薫は、顔の前に立てた右手を、左右に二度、三度、小さく振ってみせ、

「ところで博雅殿、今しがた、おれが言うたこと、いかがかな」

そう言った。

「いかがとは？」

「今しがた、そなたが口にしていた歌を、このおれに譲ってはくれまいかという話じゃ——」

「譲る？」

「そうじゃ。譲ると言うてもらえば、その瞬間から、その歌はおれのものになる」

「しかし……」

「譲ってくれたら、礼をしよう」

「礼？」

「女がよいか。この世のものとは思えぬ、美しい女子《おなご》を、くれてやるぞ」

「いや、女は、いりませぬ」

「遠慮をするな。どのように澄ました顔をした男でも、美しい女を嫌いな者なぞおらぬ」

「いえ、嫌いと言うているのではござりませぬ。欲しゅうないということでござります」

「歌をくれぬということか？」

「あ、いえ、そういうことでは——」

「はっきりせぬな。そう言えば、昔、歌をくれと言うたら、はっきり、やらぬと言うた男がいたな——」

「何というお方ですか」

「在原業平《ありわらのなりひら》——そんな名前であったか——」

「知っております」

有名な歌人である。

「その男が、ある時、よい歌を読んだ。こういう歌じゃ——」

言って、太薫が、その歌を舌の上でころがした。

白玉か　なにぞと人の　問ひし時
露と答へて　消えなましものを

「そうじゃ。『伊勢物語』の中に入っている歌でな。ある男が、ある女に恋をしていたというのだな——」

太薫が、その話をしはじめた。

その男、ある時、ついにたまらなくなって、その女を盗み出したというのである。

暗い夜のことで、闇の中を、男は女を背負って逃げてゆく。

そして、芥河《あくたがわ》という河のほとりにさしかかった。

おりしも月が出ていて、河原の草には夜露が宿っている。月の光がその露に映って、幾千、幾万となく、きらきらと光って美しい。

これを見て、男の背に負われていた女が、

「あのきらきら光るものはなあに？」

このように問うてきた。

女は、やんごとない身分の女で、これまで大事に育てられてきたので、その光っているものが、露に映った月の光であるとはわからないのだ。

しかし、道を急いでいた男は、それに答えることなく、鬼の棲むところとも知らずあるあばら家に入って休んだ。

すると、雨が降りはじめ、雷も鳴りだした。

男は、女を奥に置いて、弓、胡簶《やなぐい》を負って戸口に立った。

何が来ようと、女を守りぬくつもりだったのである。

早く夜が明ければよい――

男がそう思っていると、ふいに、奥から、

「あなや」

という、女の叫び声がした。

しかし、雨の音と雷鳴のため、男の耳にはその声が届かなかった。

夜が明けたので、

「朝になったよ」

と、男が奥に入ってゆくと、すでにそこに女の姿はなく、血溜りと、女が着ていた衣《きぬ》の一部が落ちているばかりであった。

女は、このあばら家に棲んでいた鬼に、ひと口に喰われてしまったのである。

ここで、男は、しみじみと思う。

ああ、こういうことになるのであったらば、女が生きているあいだに、

「愛しいお方よ、あのきらきら光るものは、夜露というものなのだよ」

このように教えてあげればよかった。

この天地の秘めごとの如き現象を知った上で、女には消えさせてやりたかった。

「このように、男が嘆いたという、これはその時の歌なのだよ」

太薫はしみじみと言った。

「しかしながら、これには裏があってな。実は、この女を盗み出したという男こそ、かの在原業平でな。その女というのは――」

「堀河大臣《ほりかわのおとど》の妹、二條の后《ひめ》でありましょう」

博雅が言った。

「なんだ、知っているのか」

「知っております」

かつて、博雅は、この歌のことで、おおいに恥をかいたことがあった。

それで知っているのである。

事実と物語では、二條の后《ひめ》を、業平が盗み出して逃げたところまでは同じだが、事実としては、これが堀河大臣の知るところとなって、連れもどされてしまったのである。

それでは、おもしろくもなんともないので、しゃれっ気のある業平が、これをひとつの美しい物語にしたてあげ、それに綺麗な歌を一首添えたというのが真相である。

「まあ、知っているのなら、それは、それでよい。肝心なのは、業平が、この〝露と答へて〟の歌を読んだ時、おれがその場にいたということじゃ」

太薫は言った。

「よい歌であったのでな、さっそく〝その歌をくれ〟と申し入れたのだが、業平のやつはどうしても首を縦に振らぬのだ。美女をくれてやろうと言うても、くれねばとって喰うぞと脅しても、やつめ、おれに〝露と答へて〟の歌をくれぬのじゃ。優男《やさおとこ》のようで、歌読みというのは、あれでなかなか業《ごう》が深いところがあるのだなあ――」

「確かに――」

博雅はうなずいた。

歌読みだけではない。

絵を描く者、楽器を操る者、ものを作ったりする者には、皆、そういうところがある。

博雅はそれをよくわかっている。

あたりまえではないか、とも思っている。

「そうやって、色々歌を集めた中には、つまらぬものもないことはないが、よいものもある」

太薫は、そう言って、歌を口にしはじめた。

梅が枝《え》に　鳴きてうつろふ　うぐひすの
羽根しろたへに　あは雪ぞ降る

いそのかみ　古き都を　来てみれば
昔かざしし　花咲きにけり

夕暮に　命かけたる　かげろふの
ありやあらずや　問ふもはかなし

「どうじゃ。よい歌ばかりであろう。〝夕暮に〟の歌などはどうじゃ。これはな、夕暮までやっと命をつないでいるかげろうのようにはかないわたしのことを、お元気でしょうかとお問いになるあなたのその心の想いもまた、はかないものであるよと言うているのだなあ」

心には　いつも秋なる　寝覚めかな
身にしむ風の　いく夜ともなく

忘るらんと　思ふ心の　うたがひに
ありしよりけに　ものぞかなしき

今までに　忘れぬ人はよにもあらじ
おのがさまざま　年のへぬれば

「いいなあ、いいなあ」

そむけども　天《あめ》の下をし　離れねば
いづくにも降る　涙なりけり

「どうじゃ、これは、天下の陰陽師《おんみようじ》、賀茂忠行《かものただゆき》の息子賀茂保憲《かものやすのり》の女《むすめ》の歌ぞ。世に背いていず方かへ去ってしまったとはいえ、いずれはこの同じ天《あめ》の下にいる身ゆえ、どこにいても、雨が降るごとくに涙が出てきてしまうよという歌じゃなあ……」

太薫は、うっとりとなって、そう言った。

「しかし、太薫殿、どうして、あなたは、このように歌をくれろと言うのです？」

博雅が問うた。

「いや、それは……」

「何故なのです？」

博雅がなおも問うと、太薫は困ったような表情になって、

「いや、博雅殿、おれは、昔から歌というものが好きでなあ。もう、好きで好きでたまらぬのさ。それで、歌を集めはじめたのさ」

「歌を、集める？」

「そうさ。たれかが歌を作ったら、それを他のたれかに見せぬうちに、おれがもらってしまうのさ。歌を読んだのが男であれば、美女を与えると言えば、たいがいは悦んで歌をくれるものじゃ。女であれば、望みのものをくれてやるからと言うて、衣《きぬ》か、何かを与えれば、たいていは歌はくれるものじゃ。時々は皺をのばしてやったり、多少若く見えるようにしてやったりすれば、まずは、歌をくれるものさ。歌ひとつくらいくれてやっても、後でまた、似たような歌をいくらでも読むことができるからなあ……」

太薫の声が、だんだん、低く、小さくなってゆく。

「どうなされた」

「いや、博雅殿、恥を忍《しの》んで申しあぐるが、実は、おれは、歌というものが読めぬのだ。好きなのに、おれには歌を読む才がないのだよ。それで、歌を千集め、おれの名前で歌集を出したいのさ」

その言葉を耳にした時、ふいに、博雅の身体のどこかで、ぷつんと音をたてて、何かがはじけたようであった。

「いけません！」

博雅は言った。

「なに⁉」

太薫が、博雅を、怖い眼で睨む。

「何がいけないというのじゃ」

「太薫殿、あなたが、歌を作って、歌集を作るというのはよいことです。しかし、あなたが今作ろうとしているのは、他人《ひと》の作った歌を集めたものではありませんか」

「違う、違う、どれもおれの歌さ」

「どうしてです」

「よいか、博雅殿、この世には呪《しゅ》という理《ことわり》がある」

「呪⁉」

博雅の声が、少し高くなる。

「おれが集めた歌は、いずれも、作った当人が、このおれにくれると言うたのじゃ。その礼や代償として、おれは、歌をくれた者たちに、様々なものを与えている。与える者、与えられる者、双方納得ずくで手に入れたものじゃ。これは、まぎれもなく、おれのもの、おれの歌ということではないか――」

「違います」

博雅はきっぱりと言った。

「わたしの知り合いにも、呪だの何だのと言って、あることやあるものを、別のもののように言いくるめようとする者がおりますが、それは違います。絶対に。そのことを、あなたは、実はよくわかっているのではありませんか。だから、さっき、声が小さくなった……」

「小さくなってなどおらぬ。つべこべ言うと、とって喰うぞ」

言われた途端、博雅の内部にさっきはじけたものが、さらに激しく、強くなってこみあげてきた。

「それは、違いますよ」

博雅は言った。

「わたしは、喰われることなど怖くはありませんよ。そんなことがあって、いいわけはありません。歌を読むというのは、歌をうたうというのは、生きていることのあかしではありませんか。生きていることが、そのまま歌なのですよ。人の生き方に、うまいも下手もあるわけないでしょう。歌がうまいから何だというのです。歌が下手だから、何だというのです。人の生き方に、上手、下手があって、たまるものですか！」

博雅の声が大きくなっている。

博雅の眼からは、涙がこぼれている。

そうなのだ。

ああ、そうなのだ。

自分が、いつも思っているのは、このことだったのだ。

生涯、ずっと想ってきたのはこれだったのだ。

それが、今、ようやく言葉になったのだ。

「お、おい、泣くな。泣かないでくれ」

太薫が、おろおろとした声をあげた。

「いや、すまぬ。何やらわからぬが、おれは今、しかられているというのはわかる。そして、どうも、悪いのはこのおれらしいというのもわかる。だから、泣かぬでくれ。な、な、博雅殿……」

「歌を、皆に返してくれますか?」

「返す。もちろんじゃ」

「自分の歌をうたって下さい」

「歌う。歌うから。おれは、下手でもいい。おれの歌をうたうよ。だから、泣くな、博雅殿、そなたが泣くと、なんだかおれまで哀しくなって、ほれ、この通り、涙が出てきてしまうではないか。な、な――」

　太薫は、ただひたすらおろおろとして、博雅に言うのであった。

五

　ほろほろと酒を飲んでいる。

　晴明の屋敷の簀子の上だ。

　簀子の上に座して眺める庭には、緑があふれている。

　楓《かえで》の緑、桜の若葉の色、野萱草《のかんぞう》の緑、どの葉も、どの草も、皆それぞれに色が違うが、いずれも同じ緑であった。

　青葉の匂いの中に、酒の芳香が混ざっている。

「あの時は、おれの出る幕がなかったな……」

　晴明が、杯を手にしてそう言った。

「いや、晴明よ、あの時は、おれも夢中だったのだよ」

　博雅が言う。

「人形《ひとがた》で、おまえたちの話は全部聞いていたので、保憲殿の名前が出た時には、あやうく駆けつけるところであった……」

　賀茂保憲の父、賀茂忠行は、晴明の師でもある。

保憲と晴明は、共に、忠行のもとで陰陽の道について学んだ兄弟弟子ということになる。

「しかし、駆けつけぬでよかった。おれが行っていたら、あそこまでうまくおさまらなかったろう」

「いやいや、あれは皆、太薫殿が、御自身の考えで、歌を皆に返してくれたのさ。だから今では、明麻呂殿も、ふるさと、雁がね、雲、声、皆、自分で言葉にできるようになったのだ」

「しかし、それにしてもおまえは得な漢《おとこ》だなあ、博雅よ」

「何がだ」

「おれなどは、あれこれと呪や術を使って、ものを動かさねばならぬというに、おまえは泣くだけで、あちらの方が勝手に動いて、ほどよきところにおさまってゆく――」

「おい晴明、それは、おれを馬鹿にしているのではないだろうな」

「馬鹿になぞするものか。おまえは、このおれなどが及ばぬほど凄い漢なのだと褒めているのさ。しかも、おまえは、そのことに気づいていない。それがまたおまえらしゅうて、なあ――」

「何が、なあ、だ。おれは、褒められているという気がしない」

「それでよいのさ、博雅――」

晴明が、杯の酒を飲む。

「ふうん」

博雅が、同様に酒を口に含む。

「なんだか、よい気分だな、晴明よ」

「うむ」

「おまえと知り合ってよかった」

「おれもな、おまえとこうして酒を飲む、このためにこの世に生まれてきたのではないかと、そう思うことがある」

「ふうん」

「ふうん」

晴明と博雅がうなずきあったそこへ、緑色の薫風が吹いてきた。

六

明麻呂が、太薫から手に入れた女であるが、明麻呂に言葉がもどってきたその時——

「あれ……」

と、小さく声をあげて、姿を消したという。

つい今まで、女が立っていた場所に、いずれの墓から持ってきたのか、されこうべがひとつ、転がっていたということである。
そして、もうひとつ――
秋になって、博雅のもとに、歌がひとつ届いた。

野にあらば　あるがままなり女郎花《をみなへし》
訪《と》ふものとては　月のみでよし

歌を読んだ者の名は記されていなかったが、もちろん、博雅にはそれがたれの歌であるかは、よくわかっていた。

腐《ふ》草《そう》蛍《ほたる》と為《な》る

一

梅雨はまだ明けていなかった。

しかし、昼間降り続いていた雨はすでにやんでいる。

夜――

晴れてこそいないが、天にかかった月の影が、雲の向こうでわずかに光っているらしいのはわかる。

土御門大路《つちみかどおおじ》にある、安倍晴明《あべのせいめい》の屋敷。

簀子《すのこ》の上に座して、晴明と博雅《ひろまさ》は、ほろほろと酒を飲んでいる。

燈火はひとつ。

燈台の上で、小さな炎が揺れている。

ふたりの杯が空《から》になる度《たび》に、そこへ酒を注いでいるのは露子《つゆこ》姫《ひめ》だ。

やんごとなき殿が通うていてもおかしくない歳頃なのだが、見た目はあどけない少女のようである。

晴明と同様に、白い水干《すいかん》を身に纏《まと》って、頭には烏帽子《えぼし》を被《かぶ》っている。

蜜虫《みつむし》は、少し離れたところに座して、三人の姿を微笑しながら眺めているだけだ。

肴《さかな》は、塩をふって焼いた鮎である。

庭には、様々な草木が、おもいおもいの場所に生えて、さながら野原のひと角《すみ》を、そのままここへ移しかえたようであった。

蓬《よもぎ》。

蛍袋《ほたるぶくろ》。

空木《うつぎ》。

野薊《のあざみ》。

撫子《なでしこ》。

露草。

それらがあちらにひとむら、こちらにひとむらと群れて、あるものは白い花を、あるものは薄紫の花を、またあるものは青い花をそれぞれに咲かせている。

桜はすっかり葉桜となり、池の脇には菖蒲《あやめ》も花を咲かせている。

どの草のどの葉先にも、雨の粒が宿って、わずかに洩れてくる月の光を映してきらきらと光っている。

ふうわり、ふうわりと、明滅しながら闇の中を飛んでいるのは蛍である。

「いや、晴明よ、なんともこれは美しい眺めではないか——」

うっとりとした声で博雅は言った。

「なんのことだ」

紅《あか》い唇へ運ぼうとしていた杯を途中で止めて、晴明は博雅を見た。

「天の星は見えぬかわりに、あのように地に光るものがある……」

「それは、蛍のことか。草に宿った露のことか——」

「両方さ」

博雅が、空になった杯を簀子の上に置くと、露子がそれへ酒を注ぐ。

簀子の上には、まだ使われていない空の杯がひとつ、置かれている。

「唐の国では、腐草《ふそう》の化して蛍となる、などと言われていると聴いているが、まことにそのようなことがあるのであろうかなあ」

博雅が言う。

唐の国では、すでに、一年を二十四の季節に分けて、二十四節気と呼んでいた。さらに、この二十四節気の一節気を、五日ずつ三つに分けて、七十二候とも呼んでいたのである。

その七十二候には、ひとつずつ名がつけられている。

たとえば、梅雨のこの頃は、二十四節気では芒種《ぼうしゅ》であり、これを七十二候ではさらに細かく三つに分けて、「蟷螂生《かまきりしょうず》」、「鵙始鳴《もずのなきはじめ》」、「反舌無声《はんぜつこえなし》」としている。

しかし、唐と本朝とでは、季節にずれがあり、必ずしも季節が一致するわけではない。

それで、日本では、独自の七十二候が作られたのである。

それで言えば、本朝において芒種は、「蟷螂生」、「腐草為蛍《くされたるくさほたるとなる》」、「梅子黄《うめのみきばむ》」の三つに分けられている。「蟷螂生」は同じだが、他のふたつは日本独自のものになっている。

もっとも、日本の「本朝七十二候」は、江戸時代にできたもので、件《くだん》の「腐草為蛍」は、明の時代に成立した『菜根譚《さいこんたん》』からとったものだ。

晴明と博雅の時代、まだ『菜根譚』は世に出ていなかったのだが、

「腐った草が蛍となる」

という考え方は、もっとずっと古い時代からあったと考えていい。

博雅の、この発言について、何か思うところがあったのか、

「博雅さま、腐った草は、いつまで待っても蛍にはなりませんよ」

露子が言った。

「何度か蛍を飼ってみてわかったことなんだけど、蛍の子供は黒丸《くろまる》の小さな奴みたいで、水の中で烏帽子貝《えぼしのにな》を食べて生きているのよ——」

黒丸というのは、露子が大事にしている式神《しきがみ》のことだ。

「烏帽子の貝《にな》？」

博雅が訊ねる。

「その貝に、わたしが付けた名前よ」

露子は、虫を愛《め》ずること甚《はなは》だしく、色々な虫を飼って育てては、そのことを楽しんでいるのである。

「大きくなってからは、陸《おか》にあがって、川岸の枯れた草の中で眠り、わたしたちの知ってる蛍の姿になって、出てくるのよ。だから、それを見て、蛍は枯れた草や腐った草が、姿を変えたんじゃないかって、思ってしまったんだわ」

「ああ、そういうことだったのかね。おれはまた、本当に、腐った草が蛍になったりするものだとばかり思っていたよ。そういうこともあるのだろうなってね」

博雅がそこまで言った時、

「それは、呪《しゅ》だな……」

ぽつりと晴明はつぶやき、酒を干してから、杯を簀子の上にもどした。

「また、おまえの呪が始まったのか、晴明よ」

「またかどうかはともかく、多かれ少なかれ、我々は唐の国のものであれば、それが文物であれ考え方であれ、ありがたく頂いてしまう向きがあるからな。それが、まあ、呪にかかっているということなのだ——」

晴明がその言葉を言い終えぬうちに、簀子を踏んで近づいてくる足音が聴こえてきた。

簀子の南側の角を曲がって、こちらへ向かって、よろばいながら近づいてくる人影があった。

蜜夜《みつよ》が、途中まで案内してきたのを、その人影が、勝手に追い抜いて、今、こちらに向かって歩いてきたところであるらしい。

「おう、晴明、いたか――」

藤原兼家《ふじわらのかねいえ》であった。

「晴明よ、助けてくれ。どうにもこうにも、いやまた、どうにもならぬのじゃ――」

言うなり、ふたりに近い簀子の上にへたり込んでしまったのである。

「どうなされました、兼家さま」

晴明が問うた。

藤原兼家と言えば、今をときめくたいへんな権力者である。

次の天皇をたれにするかということでは、常にその策謀の中心にいて、ある意味においては、天皇以上に発言力を持っている人物である。

供の者もいて、車を使ったのではあろうが、とても、かような刻限に、独りでここまでやってくるような人間ではない。

「兼通《かねみち》じゃ」

兼家は言った。

　藤原兼通――兼家の兄で、この兄弟は、その生涯に渡って、宮廷での権力争いをくりひろげてきた。

「兼通さまが、何か――」

　杯を置き、膝でにじり寄って訊ねたのは博雅である。

「おう、博雅どの、そなたもこちらにおじゃったか。これはありがたい。晴明、いや、晴明どのに、何とかしてくれるよう、そなたからも頼んでくれ」

「何をでござりますか」

「兼通じゃ。兼通が、このわしを呪うておる。いや、いやいや、人を使うて呪わせておるのじゃ」

「その人とは？」

「蘆屋道満《あしやどうまん》じゃ」

　息も絶えだえに、兼家は言った。

　額には汗の玉が浮いていて、どうやら熱もあるらしい。

　顔の色は青黒く、頬肉はこけている。

　博雅の手が肩に触れると、その身体は小刻みに震えている。

「どうぞ、呼吸《いき》をととのえて、お話を――」

　晴明が言うと、兼家はようやく少しは落ちついて、話しはじめたのであった。

二

いや、兼通とは、昔からそりが合わぬのじゃ。

話も合わぬし、腹の底で何を考えているのかわからぬ。どうにも好かぬ。好かぬというよりは、嫌いじゃ。

もっとも、向こうだって、こちらのことを同様に思うているであろうがな。

半月ほど前には、大きな声で、宮中で言いあいをした。

原因は、もう何であったかわからぬくらいささいなことじゃ。

わしも怒りに眼がくらんでな、

「たわけっ」

怒鳴りつけて、奴の烏帽子をはたき落としてやったのよ。

このことは、そなたたちの耳にも届いているであろう。

まあ、なにしろ、烏帽子が落ちるというのはたいへんなことだからな。

奴に大恥をかかせてやったわけだ。

わしは、

「おう、今日は風が強い。被りものが飛ばされましたな」

そう言って、その場を出てしまった。

やりすぎた。

まあ、しかし、長く生きておればそういうこともある。
二、三日は、こっちもそのことが頭から離れなかったが、五日目くらいには、もう半分くらいは忘れかけていた。
しかし、こういうことは、やった方は忘れていても、やられた方は覚えているものでな、ちょうど五日目、宮中で奴に出会うたのじゃ。

おれは、顔をそむけてやったのだが、兼通の奴は、こう、するするとわしのところへ寄ってきてな、耳元へ口を寄せて、

「昨日、蘆屋道満に会うてまいりました」

そう囁《ささや》くのさ。

「なに!?」

と、わしが兼通を見れば、あやつが何とも嬉しそうな、気味悪い顔で、にんまりと笑うているではないか。

「なんじゃ、それはどういうことじゃ」

わしが問うたれば、

「どうぞおすこやかにお過ごしなされませ、兼家どの――」

兼通め、そう言うて、後ろも見ずに向こうへ行ってしもうてなあ。

気分が優れぬようになったのは、その晩からよ。

ものが喰えなくなり、熱が出て、足元がふらふらする。頭も痛い。手足がひしひしと痛む。

これが十日も続いていてなあ。

坊主に祈禱させたが、いっこうによくならん。

道満の居所を見つけて、兼通から何をもろうたかはわからぬが、その倍、金子《きんす》であろうが錦であろうが積みあげて、わしを呪うのをやめさせたいのだが、居場所がわからぬではそれもできぬ。

今は水だけで生きておる。

もはや、ここに至っては、ぬしにすがるしかないのじゃ、晴明よ。

たのむ、なんとかしてくれ。

三

兼家は、細い息と共に、そう言ったのである。

「ああ、それなれば、話は簡単なことでございます」

晴明は言った。

「なんじゃと……」

「蘆屋道満さま、じきに、ここへまいりますれば——」

「何⁉」

「ほれ、ここに、このように酒の用意もしております」

晴明は、簀子の上に置かれた、まだ手のつけられてない空の杯を指差した。

「なんと……」

兼家が声をあげた時——

「話は、聞かせてもろうた……」

庭から、嗄《しわが》れた声が響いた。

濡れた草の中に立つ、人影が見えた。

ぼろぼろの、水干のごときものを着た、白髪、白髯《はくぜん》の老人であった。

「あら、道満のおじさま」

露子が嬉しそうな声をあげた。

ゆるゆると、濡れた草を分けて近づいてくると、道満は階《きざはし》から簀子の上へあがった。

「ど、ど、道満どの……」

兼家が、膝立ちになった。

「半月ほど前、兼通にお会いになられましたか——」

「いかにも会うた」

「そ、その時、この兼家を呪うように頼まれましたな」

「そんなことを、頼まれたかのう……」

「で、では、兼通がその頼みごとで用意したものの倍、同じものをわたくしが用意いたしましょう。ですから、何とぞ、何とぞ……」

「はて、何のことかな」

「兼通に頼まれて、わたくしを呪うて――」

「おらぬな」

「え？」

「おれは、何もしてはおらぬよ。酒はもろうたがな……」

「ど、どういうことでござりましょう？」

「兼通に言うて、晴明のところへ、ひと甕《かめ》酒を届けるように言うた。今、ここにある酒はおれの酒じゃ――」

道満は晴明を見やり、

「な」

と、笑った。

「わかりません。どういうことです？」

「おれは、兼通にこう言うただけじゃ」

「な、なんと？」

「昨日、この道満に会うてきた、そう言って、笑っておればよいとな。後は、何も言わぬでよいと――」

「え⁉」

「おれは何もしてはおらぬ。兼家どの、ぬしが勝手に、この道満に呪われていると思い込み、その思い込みが、自身の身体を病《やまい》にしただけのことじゃ……」

「お、おう……」

兼家は、消え入りそうな声をあげた。

四

三人で、酒を飲んでいる。

晴明、博雅、そして道満。

楽しそうに、三人に酌をしているのは露子姫である。

雲が割れて、その間から、月の光が差している。

蛍が、夜気の中を舞っている。

「ま、腐草蛍となる、そういうことであったわけだな……」

博雅が、杯を手にしてつぶやいた。

「そういうことだ」

晴明が、酒を飲む。

晴明の白い喉が動く。

「いずれも思い込みさ。唐の国でそのように言われていると思えば、そういう気になる。道満どのに会うたと、そう言われただけで、これは自分が呪われていると思い込む……」

晴明は道満を見やり、

「嘘をつかれましたね」

そう言った。

「何のことじゃ」

「何もせぬと言うたことです。自分に会うたと兼通さまに言わせて、みごとに兼家さまに呪をかけたではありませんか――」

「ふふん……」

道満は、答えずに酒を飲んでいる。

その口元が、楽しそうに笑っている。

道満は、しばらく蛍を見つめてから、

「まあ、よいではないか……」

庭へ視線を向けたまま、そうつぶやいた。

「こうして、うまい酒が飲めるのだからな……」

梅雨が、そろそろ明けそうであった。

跳《は》ねる勁敵《かみかき》踊《おど》る針《はり》

一

梅の香りが甘い。

土御門大路《つちみかどおおじ》にある晴明《せいめい》の屋敷の庭に、梅が咲きはじめたのである。

まだ満開でこそないものの、蕾《つぼみ》の半分以上はほころびはじめ、咲き出した花は、数えればひと枝で片手に余る。

固かった蕾が割れてほころびると、それまで花びらの内に閉じ込められていた濃い香りが、大気の中に解き放たれる。その解き放たれたばかりの香りが、一番甘く感じられるようである。

晴明と博雅《ひろまさ》は、簀子《すのこ》の上に座して、ほろほろと酒を飲んでいる。

風はまだ冷たいが、はっきりと春を感ずることのできる温もりがどこかに潜んでいる。陽光は、軒下まで差し込んでいて、火桶がなくとも、指が冷たくなるほどではない。

ふたりの傍には、蜜虫《みつむし》が座していて、いずれかの杯が空になるたびに、新しい酒をそれとなく注いでいる。

博雅は、干した杯を唇から離して、簀子の上に置いた。

「おい、晴明」

「なんだ博雅」

晴明は、唇に運びかけた杯を途中で止めて博雅を見た。

「見ろよ、この陽差しの中で、春の小さな粒《つぶ》が、いくつもいくつもきらきら光っているようではないか」

うっとりとした声で、博雅が言う。

「ああ、風が光っているな」

晴明がうなずく。

「毎年、この時期にこのような風景を眺めていると、心がきらきらと沸きたってきて、なんだか嬉しくなってしまうのだよ、晴明——」

この時には、もう、博雅の杯に酒が注がれている。

「ふうん」

と、晴明は杯を口に運んで、中の酒を干した。

「なんだ、晴明。おまえ、土の中の蟲《むし》たちが小踊りしているような、そんな気配を感じないのか——」

「いやいや、感じぬわけではないのだが、ちょっと気になることがあってな」

晴明が、杯を簀子の上にもどす。

「なんだ、気になることというのは——」

「まあ、今の、踊るということで言えば、勁叡《かみかき》と針だな」

「なに!?」

「爪の上でな、勁叡と針を踊らせることのできる方がたがおられてな……」

「爪の上で、勁叡と、針を？」

「まあ、そのことで、右近衛府《うこんのえふ》の春近《はるちか》殿が、この朝おれを訪ねてきたのさ」

「おお、春近殿と言えば、鞠《まり》の上手と言われているあの——」

「そうだ」

晴明がうなずく。

ここで言う鞠というのは蹴鞠《けまり》のことで、春近というのはその達人で右近衛府の舎人《とねり》である。

「まあ、そもそものことで言えば、大内裏《だいだいり》の井戸が、ひとつ涸《か》れてしまったことが始まりらしいのだが、博雅よ、おまえの耳にはそのことは届いていないのか——」

「おう、その涸れた井戸というのが常寧殿《じょうねいでん》の井戸であるというのなら、耳にしたことがある——」

「ならば、話ははやい」

それで、晴明はその話を博雅に語りはじめたのである。

こういうことであった。

二

内裏の、常寧殿の裏手に、井戸があった。

いつでも、美しい冷たい水を汲むことのできる井戸で、内裏ができる以前から、もうここにこの井戸はあったとも言われている。

内裏には、他にも幾つか井戸があったが、どのような旱《ひでり》の時にも、この井戸だけは涸れたことがなかった。他の井戸の水が涸れたり、汲める水の量が少なくなったりする時も、この井戸だけは、変わらずに、良い水を汲むことができたのである。

それが、十日ほど前から、水位が下がりはじめた。

ふだんは、三十尺も釣瓶《つるべ》の縄を下ろしてやれば水が汲めるのだが、縄の長さいっぱいの三十五尺まで桶を落としても、水に届かないのである。

しかたなく、縄を長くし、四十尺にして桶を下ろしたら、やっと水に届いた。

しかし、三日後にはさらに十尺縄を長くしなければ、水に届かなくなってしまった。

そうして、八日目には、縄を繋いで百尺下ろしても、ついに桶は水に届かなかったのである。

しかし、不思議なことに、内裏にある他の井戸は、いつもと変わりがない。

だから、その井戸から水が汲めなくなったとしても、他の井戸から水を汲めば済むことなので、特別にたれかを呼んで水乞《みずごい》させねばならぬということもなく、そのまま、それできてしまった。

書を書くにしろ、絵を描くにしろ、この井戸の水を使えば、できあがりがこれまでとはひと味違った。米を炊くにしても、この井戸の水を使えば、他の井戸の水で炊くよりも、ずっと美味しい御飯が食べられる。

だが、それはそれ。どうしてもというわけではない。

それで、ずるずると日だけが過ぎてしまったのである。

しかし、そのままいつまでも放っておくわけにもいかず、その日、井戸の前に何人か集まって、

「どうしたものか」

と、皆で思案しているところへ、春近が通りかかったのである。

「これ、いったいどうして、かように人が集まって騒いでいるのじゃ？」

「他の井戸はだいじょうぶなのに、この井戸だけが涸れてしまったようで……」

そこにいた者が説明をする。

「ここは、内裏でも一番古い井戸で、竜神が棲んでいるとも言われております。これは、

何かあって、その竜神の機嫌をそこねてしまったためではないでしょうか。ここは、何か貢物《みつぎもの》をするか、祭りをして竜神の機嫌をとらねばならぬのではないかと、皆で話をしていたところ、あなたさまがおいでになったというわけでござります」

春近、これを聞いて、

「なんだ、そんなことか——」

言いながら、腰に佩《は》いた太刀の鞘《さや》の笄櫃《こうがいびつ》から、勁刷《かみかき》——つまり笄を取り出した。

七寸ほどの長さで、鉄でできており、先が尖っている。

「何をなさるのですか」

「まあ見ておれ」

春近は、笄の柄を左手に持ち、右手を井戸の上に差し出《いだ》して、その親指の爪の上に笄の先端をあて、そこにみごとに立てた。

普通であれば爪の上になぞ立たず、滑るか倒れるかして、井戸の中へ落ちてしまうところである。

なんとも立派な笄で、柄には螺鈿《らでん》で美しい梅の模様が描かれており、他の細工もこまやかでみごとである。

井戸に落としてしまったら、もうもどってこない。

「かようによくできた笄を、もしも落としてしまったら——」

そこにいた者たちは、皆驚きつつもはらはらして眺めている。

「そういうものであればこそ、竜神殿もお悦《よろこ》びになるというものさ」

それ、
と、春近は、右手を上に振って、笄を跳ねあげた。

「わっ」

と、見ていた者たちはびっくりしたのだが、笄は宙で一回転して、またもとのように爪の上に立った。

驚きの声が、賞賛の声に変わった。

「一度だけと思うなよ」

それ、
それ、
春近は、笄を何度も宙に跳ねあげては、もとのようにそれを爪の上に立てる。

それを繰り返すこと、四、五十度。

終った時には、井戸の周囲に集まった者たちは倍くらいの人数になっていて、大喝采となった。

「なれば、わたくしも何かお見せいたしましょう」

そういう声が聞こえて、出てきたのは、はなめという、御《み》櫛《くしげ》笥殿《どの》の別当の老女であった。

はなめは、井戸の井筒《いづつ》の前に立つと、袖に差してあった針を抜きとって、

「古《いにしえ》も此《かか》る態為《わざす》る人無かりき。いで己《おの》れ習《なら》い申さん」

自分もちょっと真似をしてみましょう――

老女はそう言って、その針の先を自分の右手の親指の爪の上に立てた。

老女が右手を動かすと、

ひょい、

ひょい、

と、小さな針が爪の上で踊って、宙で一回転して、また爪の上に立った。

それを繰り返すこと、やはり四、五十度。

それが終ると、見ていた者たちがどっとはやしたてた。

笄より小さな針で同じ動作をやることの方が、技としてはむずかしいと皆わかっているから、その場の空気としては、春近よりもはなめの方を賞賛する声の方が大きい。

すると、

「いや、なかなかのお腕まえ」

再び春近が前に出てきた。

またもや、さきほどの笄を取り出して、井戸の上に差し出した右手の親指の爪の上に

それを立てた。

「では、これはどうじゃ」

筓が上に跳ねて、宙を一回転、二回転して、またもとのように爪の上に立つ。

どうじゃ、
どうじゃ、
それを繰り返すこと十数度。

「では三回転じゃ」

筓が、これまでよりもさらに高く跳ねあがって、くるり、くるり、くるりと宙で三回転して、爪の上に降り立った――と見えた時、つるりと滑って、筓はあっという間に井戸の中へ落ちていってしまった。

皆が、はっと息を呑んだ。

見ていた誰もが気まずくて、春近に声もかけられない。

その沈黙の中で、

「ううむ」

「ううむ」

春近の荒い息遣いと、唸り声だけが響く。

やがて、

「見たか、皆の衆」

春近は言った。

「今のを見たか⁉」

「何のことでござりましょう」

見物していた者たちの中から、ひとりが声をかけてきた。

「今、井戸の中《うち》より妖《あや》しの手が伸びてきて、おれの竿を奪って消えたのじゃ」

春近が言う。

「まさか⁉」

「本当に⁉」

「何も見えなかったが」

見物人たちには、何も見えていないらしい。

「おれが嘘を言っているというのか」

春近が声を荒らげた時、

「では、今一度、試してみましょう」

はなめが出てきて、また、針を爪の上にのせて、ひょい、ひょい、とその上で回転させた。

春近がやったのと同じ、二回転である。

「もしも、再び妖しの手が出てくるようであれば、このおれが斬りすてててくれよう」

春近、井戸の前で腰を落とし、太刀の柄に右手をかけている。

はなめが、針を二回転させること、十数度。

「では、次にはみっつ、回してしんぜましょう」

ほれ、
と、針が三回転した時、

「きえい！」

鋭い声があがって、井戸の上に、
きらり、
と、金属光がひらめいた。

と——

井戸の横の土の上に、どさり、と何かが落ちてきた。

みれば、それは、青い鱗《うろこ》のある手首であった。

指は四本で、爪が鋭く長い。

どう見ても人の手ではない。

その前で、右手に太刀を抜いた春近が、はあはあと荒い呼吸を繰り返しながら、足元のその手首を睨んでいる。

その手の指先に、確かに、はなめが爪の上で踊らせていた針がつままれている。

そこに集まった者たちの半分以上が、わっと言って逃げ出した。

「これは、何か、たいへんなことをしてしまったかもしれぬ……」

春近はつぶやいた。

その後で、残った者たちを見回し、

「皆のもの、これは絶対に口外してはならぬぞ。主上《おかみ》の耳に入れてはならぬ。今、逃げた者たちにもそう伝えよ」

春近は、あぶら汗を額に浮かべながら言った。

そして、井戸の上を何枚かの板で塞いで、その上に、木彫りの阿弥陀如来像を置いて、

「この井戸は涸れた故、しばらくはこうしておく」

春近はそのように言ったのである。

そして、その晩から、春近の身に、妖しのことが起こるようになった。

夜、枕元に、妖しの女が出るようになったのである。

夜、眠っていると、身体中にあぶら汗が浮いてくる。

息がうまくできずに、喉を鳴らす。

苦しくて、がはっ、と大きく呼吸をして、それで目を覚ます。

身体中が汗でぬるぬるとしている。

荒い呼吸を繰り返し、ふと枕元を見ると、そこに、女が座している。

髪の長い、肌の色が透きとおるように白い女だった。

青い衣《きぬ》をその身に纏っていて、静かに春近を見おろしている。

「た、誰じゃ⁉」

そう声をあげると、ふっ、とその女の姿が消える。

気のせいか、悪い夢でも見たかと思っていたのだが、その次の晩も同じことがおこった。

夜——

うなされて目を覚ますと、枕元に女が座っている。

上から静かに春近を見下ろしている。

「何者じゃ⁉」

春近が声をかけると、口が半開きになって動く。

しかし、声は聴こえない。

あまりのおそろしさに、髪の根元が太くなったような気がして、

「わっ」

と言って起きあがると、もう、女はどこにもいない。

そういうことが三晩も続いた。

三

「それで、この朝、春近殿、おれのところに泣き付いてきたというわけなのだ」

晴明は言った。

春近は、最初は、こういうことなら陰陽師《おんみょうじ》に相談するのがよかろうと思い、陰陽寮に足を運んで、賀茂保憲《かものやすのり》に会い、ことの次第を語って、

「主上のお耳に届く前に、なんとかならぬものでしょうか」

このように頼み込んだのだという。

すると、保憲は、

「ははあ」

と、笑って、

「残念ながら、わたしはこれから、所用あって、近江《おうみ》までゆかねばなりません。こういうことなら、土御門大路の晴明が得意とするところですから、晴明のところへゆかれるとよいでしょう」

このように言った。

「この保憲が、くれぐれも頼むと言っていたと伝えれば、晴明も、無下にはせぬでしょう」

それで、保憲は、近江に出かけていってしまったというのである。

「まあ、そんなわけでな、そろそろ内裏まで足を運ばねばならぬのさ、博雅よ」

「それで晴明よ、おまえ、何とかなるのか」

「おそらくな」

「おそらく？」

「保憲さまも、あいかわらずじゃ。みんな心得ておきながら、面倒なことはこのおれにやらせようとするのだからな」

「な……」

「ま、他ならぬ保憲兄貴の頼みとあらば、重い腰もあげねばなるまいよ」

「ゆくのか」

「そろそろな。本当は、おまえとこうして、梅でも愛《め》でながら酒を飲んでいるというのが一番よいのだがな」

晴明は博雅を見た。

「どうする、博雅よ」

「ど、どうするとは？」

博雅が問う。

「ゆかぬのか」

「どこへだ」

「内裏へさ」

「内裏へ!?」

「そろそろゆかねば、宴に間にあわぬであろうからな」

「う、宴?」

「どうするのだ」

「む」

「ゆくのか」

「う、うむ」

「ゆこう」

「ゆこう」

そういうことになったのであった。

四

件《くだん》の井戸のところまで出かけてゆくと、すでにそこに、春近が立って、晴明と博雅を待っていた。

うまいこと人払いを済ませてあるのか、常寧殿の裏手であるからか、あるいは、この事件のことが密かに伝わっていてたれも寄りつこうとしないのか——いずれにしても、他に人影はない。

「ははあ、お話の通りに、蓋をした板の上に、阿弥陀如来がおられますね」

晴明は言った。

「話は、今朝方、申しあげた通りです。何とぞよろしくお願いいたします」

春近は、神妙な面もちで、晴明の前に立っている。

「はい」

晴明はうなずく。

博雅については、すでに紹介するまでもなく両名互いに名を知るところであり、挨拶は短くすんだ。

「で、春近殿、わたしには今、それなりの考えもあって、どうしようかという方法も幾つか用意してあります。しかし、その前にもう一度、あなたのお話をここで確かめておきたいのですが——」

「なんなりと」

「今朝方、お話しされたこと、全て真実に、間違いございませぬか」

「は、はい」

「もし、嘘や、間違いがあると、たいへんなことになりますよ」

晴明は、覗き込むように、春近の顔を見た。

すると、春近は、うろたえて、

「あ、いや、その……」

少し口ごもった。

「何か⁉」

晴明が問うと、

「申しわけございませぬ」

春近は、頭を下げていた。

「実は、嘘をついておりました」

「嘘とは、どこのことです」

「わたしの笄を、妖しの手が奪っていったというところでございます」

「ほう」

「あれは、実は、わたしの腕の未熟で、落としてしまったものなのです。それがくやしくて、思わず、嘘を——」

「しかし、その後、はなめ殿の針を奪おうとした手は——」

「本物——妖しの手でございます。わたしが何か妖しのものが、針を奪おうとしたら斬ってやると言ったのは、実は、わたしの嘘を守るためのものだったのです」

技が未熟で竿を落としてしまった。

それで、妖しの手が竿を奪っていったのだと嘘をついてしまった。

この嘘を見破られたくない。

はなめが針を操っている時に、もしも妖しの手が出てきたら、斬ってやるぞと太刀の柄に手をかけて待ちかまえている。

もちろん、手など井戸から出てくるわけはない。

もしも、はなめが針を落としたら、

「見よ、今、妖しの手が出て針を奪っていったぞ」

と言えばよい。

もしも、手が現われもせず、はなめが自分の技を披露し終えてしまった時は、

「妖しのものめ、このおれが気魂を込めて、太刀の柄を握り、睨んでいたので現われることができなかったのだ」

そう言えばよい。

それで、なんとか自分の面目《めんもく》を保つことができるだろう。

そう思っていたところ――

「本当に妖しの手が現われて、針を奪おうとしたのでござります」

そこにいた者たち皆がみな驚いたことであろうが、一番驚いたのは、嘘をつこうとし

ていた本人の春近であった。

思わず、手が動いて、その妖しの手に斬りつけてしまった。

もともと、春近、腕は立つ。

それで、妖しの手を手首から斬り落としてしまった。

「これが本当のところで、あとは、隠しだてしていることは何もありません」

春近は正直に告白した。

「で、その手首ですが、今、どこに？」

晴明が問えば、

「ここに――」

と、春近が懐のあたりを手で叩いた。

「では、それをお出しくだされますか――」

晴明が言うと、

「これでござります」

春近が、懐から白い布に包んだものを取り出して、晴明に渡した。

受け取った晴明がそれを開く。

博雅が覗き込む。

その中に入っていたのは、話に聞いていた通りの、指が四本、青い鱗のある爪の長い、人でないものの手首であった。

「ははあ、なるほど——」

晴明はうなずく。

「これは何だ、晴明」

「想像していたものですよ、博雅さま……」

晴明が微笑した。

「では、全てこれでそろったということになりますが、まだわからぬこともありますね」

晴明は、手首を布に包みなおして懐に入れた。

「おい、晴明、わからぬこともあるというのは、わかっていることの方が多いということではないか。いったい何がわかっているというのだ」

博雅は、まだ何が何やら見当もつかないといった顔をしているが、それは、春近も同じであった。

「今、ここでわたしが説明しても、それは半分ほどになってしまうでしょうから、本人にお出ましいただいて説明してもらうのが一番よいでしょう」

「ほ、本人だと⁉」

「はい」

「た、誰のことだ」

「呼べばすぐにわかります。しかし、このままではだめですね」

晴明は、井戸の上に渡された板に置かれた阿弥陀如来像を見やった。

「こ、これが?」

「そうです」

晴明は、手を伸ばして、阿弥陀如来像を摑みあげ、

「博雅さま、これを懐へ」

博雅に向かってそれを差し出した。

博雅は、阿弥陀如来像を受け取って、懐へ入れた。

この間に、晴明は、井戸の上に渡してあった板をはずして、井戸の横の土の上に置いた。

「さあ、支度ができましたよ」

「何だ、何の支度ができたのだ、晴明」

「件のお方にお出ましいただく支度ですよ」

「これで待てばよいのか」

「はい。呪文を唱える必要も、声をかける必要もありません。我々がここにいることも、ここにこの手首のあることも、あちらは御存じでしょうから、すぐに出ておいでになる

でしょう――」

「な……」

と、博雅がそこで言葉を止めたのは、井戸の中から、薄青く光る煙の如きものが立ち昇ってきたからである。

それは、井戸の外にわだかまって、次第に凝《こご》ってゆく。

やがて、それは、青い衣を身に纏った、若い、美しい女の姿になった。

左手は袖の外に出ているのだが、右手は袖の中に隠れていて見えない。

「安倍《あべの》晴明と申します。よくおいでくだされました……」

晴明が、涼やかな声で言うと、女は深ぶかと頭を下げ、

「お名前はかねてよりうかがっております」

そう言ってから顔をもちあげた。

どこか、しなしなと、骨の関節がないように身体が動く。

「あなたの右の手首は、ここにございますよ」

晴明は、懐から布に包んだものを取り出した。

「もちろんこれはお返しいたしますが、どうぞ、ここでどういうことがあったのか、お話しいただけますか――」

「はい」

女はうなずき、

「すべてこれにてお話し申しあげましょう」

静かに再び頭を下げていた。

五

この井戸は、ここに都ができる前からございまして、深さは一千尺、その底は琵琶湖につながっております。

そして、このわたくしは、名を淡吱《たんこう》といって、この井戸に六百八十年棲む、蛟《みずち》にございます。

夫は琵琶湖に棲む、応吼《おうこう》と申しまして、三百年ほど前に、琵琶湖から通《かよ》うようになりました。

おこしになるのは、十年に一度。

二年前にいらした時に、子をなして、今はその子は三歳となりました。

三歳になったら、一度、夫のもとへ、その子を見せにゆかねばなりません。

夫の応吼がこちらへまいります時は、雨風を巻きおこし、天に昇って天からここへ降りてくるのでございますが、わたくしはまだ、竜のなすような雨風の術は使えませんので、地下の水脈を通じてゆくつもりでおりましたのですが、この水脈の流れが今年は悪くて、水の量が足りません。それで、その水脈に水を通すため、この井戸の水を使わせていただいたのです。そのため、井戸の水を使ってしまい、皆さまには御不自由をおかけすることになってしまいましたが、それも、あと一日のことと、お許しいただきたく、お願い申しあげます。

なにしろ、明日は、琵琶湖へ仲間や、天人、人まで集まってまいります。竹生島《ちくぶ》の宇賀神、三上山に棲む大青蛇、神泉苑《しんせんえん》の白蛇、日枝の青猿、遠江《とおとうみ》の砂々羅王《さざらおう》、安土の赤天狗、遠くは男体山の大ぬらり、赤城の土々呂坊《どどろぼう》、石鎚《いしづち》のまっぺら坊、たたら坊、両面宿儺《りょうめんすくな》、月山のでいでい王、恐山のどどまら坊、能登のこわばみ、畝傍《うねび》山のとっかむり、花やらい、ちょんがっぱ、そそぬらし、あめん坊、じゃじゃガエル、まらむし、さねだま、あんぐり坊、おこっちゃま、あんがけ、長舌、曲鼻、ふとふとろう、でんがく坊……これらの方々に、御挨拶申しあげ、子の小牙《しょうが》をお披露目するのが明日なのでございます。

そういう時に――三日ほど前でございましたか、何やら井戸の上が賑やかになって、見あげれば、指の爪に、笄やら針やらを立てたり、回したり、楽しげなことをやっておりました。

しばらく小牙と見あげていたのですが、わたくしは、琵琶湖までの道作りがあって、すぐにそちらの仕事にもどったところ、

「あっ」

という声があがったので、もどってみれば、上から笄が落ちてきて、それを見あげていた小牙の右眼に刺さってしまったのです。

わたくしは、すぐにそれを引き抜きました。

我ら蛟は、かなりの傷を負っても、半日、一日でもとにもどるのですが、傷を受けた時の痛みがないということではないのです。

見あげれば、こんどは、指の爪の上で針が踊っているではありませんか。

これがまた落ちてきて、今見あげているわたくしの子の眼の上に突き刺さるかと思うと、いても立ってもいられなくなって、手を伸ばして件の針を奪ってしまったのですが、その時に、春近さまに、この手を斬られてしまったのです。

わたくしども蛟は、傷はすぐに治るのですが、無くなった手足が生えてくるわけではありません。

それで、その手首を返していただきたく、夜毎に寝所におじゃましていたのですが、阿弥陀如来に、頭の上を塞がれていて、とてもわたくし本人がそこを通ることもできず、声も届けることができません。それで、わたくしの影だけで、そちらへうかがっていたのです。

どうぞ、その手をお返しいただければ、と思い、こうして出てまいった次第にござります。

ほれ、ここにこの通り、春近さまの笄もおもちいたしましたので、なにとぞ、なにとぞ、わたくしの手を――

六

「なるほど、そういうことであったかよ」

賀茂保憲がそう言ったのは、晴明屋敷の簀子の上であった。

晴明、博雅も、同じ簀子の上に座して、三人で酒を飲んでいる。

庭の梅は、昨日と今日、あたたかい日が続いて、いっきに満開となってしまった。

一昨日――

琵琶湖のあたりが、ほんの半刻ほど、大嵐に見まわれていたのである。

にわかに黒雲が巻きおこり、雷鳴が轟《とどろ》き、雷《いかずち》が光った。

大風も吹き、その中で、何者かの笑う声や歌う声が響き、そして、雨風が止んだのである。

夜――

月が出て、その日はひと晩中、月の光を受けて、琵琶湖中の水が、その月の光を吸い込んだようになって、光っていたという。

笑う声や、歌う声は夜になっても止まず、朝になって、ようやく静かになったのだという。

「保憲さま、琵琶湖においでになって、ひと晩中酒をめしあがっておられたのではありませんか」

晴明が言う。

「いや、すまぬ、晴明よ。ほんとうにぬしの言う通りじゃ。いやいや、実は、琵琶湖での集まりに、おれも応吼、淡咬から呼ばれておってなあ。それで、ぬしに、この件をまかせて――」

「琵琶湖まで、酒を飲みに行っておられた――」

「すまぬ、すまぬ、晴明。ぬしなら、このあたりのことをきちんと考えて、よろしくやってくれると思うたのじゃ。その通りになった――」

「御自分で、やろうと思えば、できたのではありませんか。わたしが、引きうけぬとは思わなかったのですか――」

「おまえは引き受けた。それが答えじゃ」

「女、でござりますか?」

「女?」

「ともにゆく女をどこかに待たせておいて、それでおいそぎであったとか?」

「いや、そんなことはない。あろうはずもない。なあ、博雅殿……」

博雅は、笑って答えず、懐から葉二《はふたつ》を取り出して、それを吹きはじめた。

よい音であった。

まだ、ひと枝にひとつ、ふたつ、咲きそこねていた梅の蕾に、博雅の笛の音が触れてゆくと、

ほっ、

ほっ、

と、それが咲いてゆく。

今日は、陽差しが温かい。

秘帖《ひちよう》・陰陽師《おんみようじ》　赤死病《せきしびよう》の仮面《かめん》

一

赤舞瘡《あかぼうそう》が、いったいいつから流行《はや》りはじめたのかというと、さだかではない。

このひと月ふた月と考える者もいるであろうし、一年前、二年前からと考える者もいる。人によっては、一千年、一万年も前からであるとする者もいる。

ただ、その病の噂が都にまで聞こえてきたのは、その年の正月が終ったあたりからであろう。

では、それがいったいどこで始まったのかということになるが、これもまたさだかでない。

西の方からであるというのは、間違いがない。ただ、西のいずれであるかというと、やはりどこそこであると、はっきり答えられる者はなかった。

唐からであるという者もいるし、海の彼方の異国《とつくに》、もっと西の、天竺、波斯《ペルシア》ではないかと考える者もいる。

だが、わが国のどこかということであれば、それは大宰府《だざいふ》であると考えていい。

それは、この赤舞瘡についての最初の知らせを都にもたらしたのが、大宰府の権帥《ごんのそつ》であった転《まろび》の歌麻呂《うたまろ》という人物であったからである。

この転の歌麻呂の話を、都で最初に耳にすることになったのは、土御門《つちみかど》の大殿《おとど》、満長《みちなが》であった。

というのも、歌麻呂がうつぶせに倒れているのが見つかったのが、まさに土御門の大殿の屋敷の門の前であったからである。

満長に仕える家人《けにん》のひとり、牛男《うしお》という者が、早朝に門を開けたところ、眼の前に人が倒れていて、見れば身分卑《いや》しからぬなりをしている。

「これ、どうなされた」

牛男が声をかけたが、動かない。

これは死人かと思ったが、

「むう……む」

「むむ……ん」

と、かすかに、声をあげている。

抱えて、助け起こした途端、

「あなや」

と叫んで、牛男は、歌麻呂を突き離して跳びのいていた。

仰のかせた歌麻呂の顔に、小豆ほどの大きさの水ぶくれが、ふつふつと無数に浮きあがっていて、しかも、それが血のように真っ赤であったからである。

跳んだ先で、牛男が土の上に尻を落とし、

「ひっ」

と声をつまらせたのは、歌麻呂が顔を持ちあげて、かっ、と眼を開いたからである。

その眼がまっ赤だった。

「もうし、もうし、どなたか、どなたか……」

と、歌麻呂が、その赤い目だまをぎろぎろと動かしているのは、その眼が見えぬからであろうと思われた。

「わ、わたしは、大宰府の権帥、歌麻呂と申します。馬でここまで駆けて、落ちて倒れたのが、未明のこと。その時、月明りにようやっと見えたのは、大きなる門。こちらはどなたさまのお屋敷でござりますか――」

と、歌麻呂が言う。

「土御門の大殿のお屋敷じゃ」

「では、左大臣満長さまの――」

「そうじゃ」

「なれば、一刻も早う、満長さまにお目通りをさせてくだされませ。我が命ありますうちに、お知らせせねばならぬことが……」

息も絶えだえに言うので、牛男は他の者を呼び、歌麻呂をひきずるようにして、屋敷の中に入れたのであった。

二

簀子《すのこ》の上に現われた満長は、

「何があった」

平然として、庭を見下ろした。

庭には、家人が何人か集まっていて、仰向けに倒れているひとりの男を囲んでいる。

倒れているのは、歌麻呂であった。

家人たちが、怯えたような目で歌麻呂を見下ろしている。

歌麻呂の、赤い水ぶくれが幾つも浮き出た顔を見ても、満長は顔色も変えない。

「実は――」

と、最初に歌麻呂を見つけた牛男が説明をしかけたのだが、気配と声で、歌麻呂は満長が現われたことに気づいたらしく、

「満長さまでござりまするか……」

と、上体を起こし、赤い、見えぬ眼を、あやまたず満長の方へ向けた。

両手を地について、上体を持ちあげ、

「転《まろび》の歌麻呂にござります」

そう言った。

「満長じゃ」

満長が言うと、

「今、大宰府では、たいへんなことが起こっております」

歌麻呂が、顔を持ちあげたまま、このように言った。

「何じゃ」

「これでござります」

歌麻呂が、自分の顔を指差した。

「それは？」

「赤舞瘡《あかぼうそう》にござります」

「赤舞瘡だと？」

「ひと月ほど前、急に大宰府を襲った流行《はや》り病にござります。またたく間に広まって、人の半分ほどは、死にました。なんとか、都にこのことを知らせねばと、前から、人をやってはいたのですが、いずれも都へたどりつく前に、倒れてしまったらしく、こうしてわたし自らやってきたのでござります――」

馬を走らせ、海を渡り、また馬を走らせて、ようやく、昨晩都にたどりつき、満長の屋敷の門の前で馬から落ち、意識を失って、気がついたら、その屋敷の家人に助けられたところであったというのである。

「今では、はたして、何人が生き残っているか……」

「逃げ出してきたか？」

満長が問う。

「に、逃げ出すなどとはとんでもない。わたしはただ、都にこれを報告《しら》せんがため、命をかけて……」

「まあ、よい」

満長は、歌麻呂の言葉を遮《さえぎ》って、

「その赤舞瘡、いかような病じゃ」

そう訊ねた。

「かかった者は、ほれ、このような顔になり、熱が出て、それから早き者では半日、遅き者でも五日で死んでしまいます」

「ほう」

「この病、奇妙なことに、患《わずら》った者が、踊るのでござります」

「踊る？」

「はい」

「どのように踊るのじゃ」

「この私を見ていれば、いずれ、わかります。このわたしが、そうなりますから――」

そう言っているうちにも、歌麻呂の顔の赤い水疱がだんだんふくらんで、今では大豆ほどの大きさになっている。

「ああ、それにしても……」

とそう言って、歌麻呂は、見えぬ赤い目だまをぎろぎろと動かした。

「何なのじゃ」

「痒《かゆ》いのでござります」

「痒い？」

「はい、とても、とても痒うござります。それも、尋常ではない痒さにて――」

と、歌麻呂は、地から手を離し、膝立ちになって、両手の指を鉤《かぎ》状に曲げ、それを顔に持ってゆくと、

「痒い。ああ、もう我慢できぬ」

そう言って、顔をばりばりと掻きはじめたのである。

すると、たちまち、顔の赤い水疱が破れ、中の血があたりに飛び散った。

「ほれ、このように――」

両手の爪を立て、さらに激しく掻きはじめた。

水疱はつぶれ、顔は血まみれとなり、

「ああ、痒い痒い、いくら掻いても足りぬ足りぬ、足りぬ」

そう言いながら、顔の肉を指先でほじり出そうとするように、音をたてて掻いた。

掻きながら立ちあがり、何かに耐えられぬように足踏みをし、そして——

歌麻呂は、踊り出したのである。

「ああ」

「痒や——」

「痒や——」

言いながら、踊る。

その動きがだんだん速くなり、ついには顔を掻いていた手を離し、宙に伸ばし、縮め、揺らしながら、踊りはじめたのであった。

不気味な光景だった。

やがて、狂ったように踊りはじめ、踊って踊って……

ふいに、ぱったりと歌麻呂は、そこに仰向けに倒れ、しばらく身体をひくつかせていたが、やがて、動かなくなった。

三

その陰陽師《おんみょうじ》は、笑わぬ男だった。

薄くて赤い唇が、口角をあげるところを、たれも見たことがない。

眼は、二日目の月の如くに細く、その奥に、緑色の狐火のような光が、一点だけともっている。

死人に表情がないのと同様に、その顔に表情が浮かぶことはない。死人の顔にも表情があると言うのなら、その程度にはある。

そういう顔であった。

いつも、白い狩衣《かりぎぬ》を着ている。

髪は総髪で、頭には烏帽子《えぼし》を被《かぶ》っているのだが、その烏帽子が白いのである。

髪が黒く、唇が赤い他は、何もかもが白い。

吐く息までが、細く、白っぽく見える。

その唇から出てくる言葉までが白い。

体内を流れる血の色までが白いのではないかと思われた。

眸《め》のことを言うのを忘れていた。

この陰陽師の眸の色は、どこか異国の風景でも眺めているような、灰色がかった碧《あお》だ。

この人物の血の中には、異国の血が混ざっているのかもしれない。

三年ほど前に都へやってきたこの陰陽師、よくあたるのである。

失《う》せもの、捜しものはもちろん、明日の天気、その年の作物のとれる量まで、きちんとあててしまうのであった。

呼ばれてやってくると、呼んだ、言うなれば主《あるじ》の顔を、その糸の如く細い眼で見つめるのである。するとと、体内の温度が下がり、背骨のあたりに消えぬ寒さが張りつく。さらに見つめられると、血管の内部に虫でも送り込まれたように、何やら全身がむず痒くなってくるのである。

しかし、能力が優れている。

男と女の密《みそか》ごとで、別れたい時であれ、手に入れたい時であれ、この陰陽師がよろしくやってくれるのである。

この陰陽師の告げるようにやってきて、これまで失敗したということが、満長にはない。

だから、満長は、この時も、配下の奇丸《くしまる》をやって、この陰陽師を呼んだのである。

やってきた陰陽師は、話を聞いた後、しばらく表情を変えずに、無残な死体となった歌麻呂を見つめ、

「これはまた、なかなかのものでござりまするな」

そうつぶやいた。

「なんと見る？」

満長が問うた。

「都が滅びまするな」

陰陽師が言った。

「ほう……」

と、満長は、興味深げな声をあげて嗤《わら》った。

「都が滅ぶか」

「はい」

「それはおもしろい」

「はい、なかなかに……」

その声を耳にして、眉をひそめたのは、西の対《たい》に住む白兎《はくと》という美しい女房であった。

逆に、口元に笑みを浮かべたのは、東の対に住む、青烏《あおがらす》という、やはり美しい女房であった。

ふたりは、歌麻呂のことを、それぞれの対で聞き及び、何ごとかと足を運んで、今、簀子の上からなりゆきを見守っていたのである。

満長は、ひとりで二度、三度、うなずき、

「このおれは、これまで都の栄華をほしいままにしてきた。それが滅ぶというのなら、見ものではないか――」

嘯《うそぶ》くように言った。

「いずれにせよ、急ぎ、一刻も早くなさねばならぬことがござります」

陰陽師が言う。

「何じゃ」

「この死体に手を触れた者はおりますか?」

陰陽師に問われて、

「たれじゃ」

満長が、そこに集まっている者たちに向かって言った。

その時には、屋敷の多くの者たちがそこに集まっている。そのうちのほとんどは首を左右に振り、何人かは、ある男たちに視線を向けた。

それは、牛男と犬男《いぬお》という、ふたりの家人であった。

最初に、歌麻呂を見つけたのが、牛男であり、牛男を手伝って、屋敷内に引きずり入れたのが犬男であった。

「これへ」

陰陽師に言われて、ふたりは、不安そうに顔を見合わせ、おずおずと前に出てきた。

「この両名を、この場で殺さねばなりませぬ」

陰陽師が言った。

すると、すかさず、

「やれ、奇丸」

満長が言う。

「は」

と、奇丸が、迷わず腰の太刀を抜いて歩を進めてきた。

牛男と犬男は、あまりのことに、自分の身に何がふりかかろうとしているのか、まだわかっていないかのように、

「あ……」

「あれ……」

どぎまぎとして、助けを求めるような眼を満長に向けた。

ためらうことなく前へ出てきた奇丸が、太刀を振りあげ、牛男の左の肩口から胸にかけて、ざくりと斬り下げた。

「くわっ」

声をあげて、牛男はつんのめるように、歌麻呂の死体の上に倒れ込んだ。

「ひっ」

と、犬男は背を向けて逃げようとした。

その背へ、後ろから、ずくりと太刀の先が潜り込んだ。

上手に太刀の刃を寝かせていたので、太刀は肋《あばら》の間を通って、胸の方へ抜けた。

奇丸が太刀をその身体から抜くと、犬男は一度天を仰ぎ、白い雲に向かって、

「くえーっ」

と、ひと声叫んで、牛男の上へ重なるように倒れ込んだ。

犬男は、その身体を二度ほど痙攣《けいれん》させて、すぐに動かなくなった。

「この三人の上に、薪《まき》を積みあげ、骨になるまで焼いてくだされ。その際、たれも、三人の身体に触れぬよう」

陰陽師は言った。

「すぐにやれ」

満長が言うと、それまでうろたえていた家人たちは、仕事を命ぜられて、むしろほっとしたように動き出した。

三人の死体の上に、次々に薪が積みあげられてゆく。

それを眺めている満長の横に立ったのは、少しおくれてやってきた、赤麻呂《あかまろ》という、満長の弟であった。

「兄上、いったい、これは——」

赤麻呂は、満長よりも身体の線が細く、顔も優しげであった。

「赤舞瘡じゃ、赤舞瘡がやってきたのよ」

満長は言った。

「赤舞瘡？」

「笛ばかり吹いていられぬ風が、西からやってきたということじゃ。よいか、赤麻呂よ、これからは、笛がいくら巧みであっても、生きられぬ世になるぞ」

満長は、楽しそうに、からからと笑った。

薪に、火が点《つ》けられた。

薪が燃えはじめた。

始めはちろちろと赤い火が、下から薪を舐《な》めていたが、やがて、ごうごうと音をたてて炎と煙があがり出した。

その炎の色が、満長の顔に、てらてらと動いている。

「満長さま」

と、陰陽師が声をかけてきた。

「おう」

「ただいま、西京《にしのきょう》に、お屋敷を建てておられまするな」

「うむ」

満長がうなずく。

「あれは、もっと広く、大きく作らねばなりませぬ」

「そうしよう」

「今の五倍は広く、塀も五倍は高くして周囲に張りめぐらし、深き井戸を五本掘らねばなりませぬ」

「そうしよう」

「門は、南門をただひとつ」

「そうしよう」

「塀の上は、人が立てるようにして、東西南北の塀の上に、櫓《やぐら》を建て、そこには畑も作らねば――」

「好きに、差配せよ」

「承知」

と、陰陽師が答えた時には、炎はいよいよ高く、大きく燃えあがって、人の肉の焼ける臭いがあたりに満ちた。

「燃えよ、燃えよ」

満長が、声を大きくした。

それに応えるように、轟々と炎が音をたてる。

「牛男と犬男の家族へ、適当なものを送っておけい。ふたりは、この満長と都のために命を落としたとな！」

四

赤舞瘡は、西から東へ——つまり都へと、ゆっくり、少しずつ迫ってきた。

「この赤舞瘡、人から人に憑《つ》いてやってくるものにござりますれば、防ぎまするには、国と国とを行き来する人さえ封じてしまえばよいのです。さすれば、都までやってくるのを、遅らせることができましょう」

陰陽師に言われて、満長はすぐに関の数を増やして、国と国との間の出入りを禁じ、通るには朱印を押した札がなくてはならぬようにした。許可なく関を抜ける者があれば、理由の如何《いかん》にかかわらず、死罪となった。

「しかし、いずれは、都までやってくるでしょうな」

陰陽師は、表情も変えずにそう言うのである。

満長は、人を西へやって、今、赤舞瘡がどこまで迫っているかを、逐一報告させた。

奇丸は、行った先で見聞したことを毎日文にして、その都度人を雇い、都の土御門《つちみかどおお》大路《じ》にある満長の屋敷まで、早馬を仕立ててそれを届けさせた。

もちろん、帝にはあらかじめ報告をし、これから何をなすべきか奏上している。

「ただいま、赤舞瘡なる悪しき疫病が、大宰府にて流行っております。この疫病神、人から人へ憑《うつ》って、やがて都までやってくることでしょう」

「その赤舞瘡、いかなる病じゃ」

帝に問われて、満長は、自分の屋敷でどのようなことがあったかを説明した。

すると、帝も、その場にいた者も、

「おう……」

と声をあげておののいた。

「この疫病神、人と人とが触れ合うことによって憑るものなれば、人と触れ合わぬことが肝要《かんよう》——」

「しかし、人と人とは触れあうものではないか——」

「はい」

「それは、親子でもということか」

「はい」

「妻であっても」

「はい」

「では、この病、人と人とを裂く病ということか——」

「さようにござります」

「どうすればよい」

「北へ逃げるか、東へ逃げるか。しかし、いずれは追いつかれましょう」

「では、逃げても無駄ということか」

「はい」

「どうしたらよいのか……」

「赤舞瘡で死にたる遺体《いたい》は、触れずに焼き、人と会わぬようにすること――」

「それでは、人が人でなくなってしまうではないか」

「はい」

「ううむ」

「おそるべき病にはござりますが、ただ、都へ来るのを遅らせることはできましょう」

「いかようにして？」

「委細《いさい》は、この満長におまかせを――」

「たのむ」

そういうことがあって、関を設けることも、抜けた者を死罪にすることも、満長の裁量でやったことであった。

それでも、大宰府から安芸《あき》まで三カ月、そこから播磨《はりま》までは二カ月という速度で、赤舞瘡は迫ってきたのである。

そして、播磨のあと、十日もしないうちに、都でも、この病による死者が出たのである。

朱雀《すざく》大路を歩いていた僧が、顔を赤い水疱だらけにして、突然に踊り出し、顔を掻き、倒れ、そこで息絶えたのである。

それは、西へ行っていた者が、もどって満長に報告をした日の翌日であった。

この報告をした男は、満長の、

「奇丸、やれ」

という言葉と共に、庭で斬り殺され、すぐにその死体は焼かれてしまったので、僧が赤舞瘡で死んだことについては、もちろん知るはずもない。

たちまち、都でも、赤舞瘡が流行りはじめた。

大路、小路を歩いていた者が、いきなり踊り出し、身体中を掻き毟《むし》って死ぬということが、あちこちでおこりはじめた。

そういう時に、満長が西京《にしのきょう》に作らせていた屋敷ができあがったのである。

満長は、あらかじめ声をかけていた者たちと共に、この屋敷に入った。

その数、満長を入れて九十八名。

あらかじめ健康で、病の兆候《ちょうこう》がない者を選《え》りすぐり、日常的には身内以外の人間と触れあわぬよう言い含めた。

そういう人間たちばかりから、さらに選ばれた一団である。

身内で、この病で倒れる者が出た人間は、仲間からはずした。選ばれた者の中には、農夫もいれば楽士もおり、料理をする者、武士《もののふ》も二十人混ざっていた。

奇丸もいて、東の対の青鳥、件《くだん》の陰陽師もいたが、西の対の白兎と、満長の弟の赤麻呂の姿はなかった。

「わたしは、お屋敷にはゆきませぬ」

と、赤麻呂は満長に言った。

「しかし、ゆかねば赤舞瘡で死ぬぞ」

「わたしには、これがござります」

赤麻呂が懐からとり出したのは、一本の龍笛《りゅうてき》であった。

「今こそ、民が、この笛を必要とする時です」

白兎は、

「この病で倒れる方が、毎日何人もいるというのに、その方たちをお助けしないで、自分だけ、よいところに身を隠して生きながらえるつもりはありません」

このように言った。

そうして、赤麻呂と白兎は、できあがった屋敷には入らず、去ってしまったのである。

五

西京《にしのきょう》の、満長の屋敷を囲む塀の高さは五間。

その上に人が立ち、歩けるようになっており、東西南北に、それぞれ、櫓が建てられている。

井戸が五つ。

畑もあり、充分な食料もたくわえてあった。

門は南にひとつしかない。

その門も、大きな樫の木一本を使った丸太で閂《かんぬき》がかけられている。

九十八人が、そこで、何年も暮らすことができるだけの充分な用意があった。

満長が、財の限りを尽くして、そうしたのだ。

そして、その九十八人の中には、帝も、右大臣立鼻朝方《たちばなのともかた》も入ってはいなかったのである。

その屋敷に、満長がこもった当初は、人の噂にはなったものの、とりたてて、何がどうというようなことはおこらなかった。

宮中でも、満長のその行為は不思議がられたものの、ずっとその屋敷から出て来ることがないとは、考えていなかったのであろう。しかし、二日、三日、四日、五日過ぎても、たれも屋敷から出てこないとわかると、六日目に、内裏から使者がやってきた。

「おたのもうす。おたのもうす」

使者は拳で門を叩き、そして告げた。

「我は宮中より、帝の勅《ちょく》をいただいてまいりたる者。満長殿におかれましては、いかなる存念あって、ここにこもりたるか、それをお話し願いたい。また、いつ、お出になるのか。ただいま、都も、宮中も、赤舞瘡のことあって、政《まつりごと》もままならぬありさま。満長殿、一刻も早うこちらをお出になって、よろしく差配のこととり行のうていただきたく、ここにお願い申しあぐる。満長殿、いかに、いかに——」

しかし、巨大な門は沈黙したままだ。

一切の返事はない。

やがて、八日目には、使者が三人になり、十日目には五人になり、その中には、武士もいた。

「返答なくば、謀反《むほん》の心ありと見なすがよいか」

それでも、門は沈黙していた。

そこにいたって、

「おのれ」

とばかりに、矢を門内に射かけたがそれでも返事はない。

十五日を過ぎる頃には、ついに使者も来なくなった。

都のあちらでもこちらでも、ふいに人が踊り出し、倒れて死ぬ。

それがあたりまえになった。

宮中でも、使者を出すこともままならぬほど、赤舞瘡が蔓延《まんえん》してきたのである。

あの屋敷の中《うち》に入れてもらえれば、命が助かる——そういう話が広まって、門を叩く者が多くなった。

その中には、乳のみ子を抱えた女もいたが、門が開くことはなかった。

門は、堅牢で、厚く、悪しき神のみならず、善き神ですら、入ることはかないそうになかった。外で起こることは、遠い異国のできごとのようで、現実味がなかった。

二日目に、女と子供は、そろって門の前で踊り出し、そして、死んだ。まだ、歩き出す前の赤子でも、赤舞瘡にかかれば踊るらしい。

三月《みつき》が過ぎた頃、贅《ぜい》をつくした牛車が門の前に停まり、そこから、よろよろと出てきたのは、帝本人であった。

帝は、弱よわしい声で、助けを請うた。

「これ満長よ、どうか、この門を開けてはくれまいか——」

使者もたてず、帝自らが門を叩き、

「我をあはれと思《おぼ》さば、この門を——」

言っている最中に、帝もまた踊り出し、やがて地べたに倒れ伏して死んだ。

夜に、梯子《はしご》をかけて、ひそかに塀の中《うち》へ入ろうとする者もいたが、塀の上には弓を持った武者たちがいて、登ってくる者を射殺《いころ》した。

門を中心にして、塀の周囲には、屍累々《かばねるいるい》、それが腐って、おそるべき臭いを放った。

六

東の対の青鳥は、毎日のように櫓へ登り、そこから外を眺めるのが好きであった。

あとで、そこから見たことを、満長に報告する。

「今日は、門の前に三十人もやってきたかしら。半分は、入ろうとして射殺され、半分は踊りながら死んでいったのよ。何が愉快といって、人が、顔を血だらけにして、痒い痒いと身体中を掻きむしり、狂ったように踊って死んでゆくのを見ることほど愉快なことはないわ。男も女も、老人も子供も、それまでの一生分を踊って死んでゆくの。みんなそれぞれ、踊り方も違うし、死に方も違うのね。倒れた後、最後まで右手の人差し指だけぴくぴくと動かしていた女の子もいたわ。眼玉だけをくりくり動かして、最後まで踊っていたお爺さん――あれは、立鼻朝方さまだったわ……」

そう言って、青鳥は、嬉しそうに笑うのであった。

半年が過ぎた頃には、もう、やってくる者は極めて少なくなった。

一日に、三人か四人。

ある時、やってきたのは、ふたりの男女だった。

ひとりは、満長の弟の赤麻呂で、もうひとりは西の対の白兎だった。

ふたりは、抱きあうようにして、門の前までやってくると、赤麻呂が門を叩いた。

「兄上、兄上、わたしが間違うておりました。笛では、たれも救えませんでした……」

赤麻呂が泣きながら言うと、

「わたくしも、ひとりでも多く病の人を助けようとしたのですが、たれひとりとして、救えませんでした」

白兎が言う。

ふたりとも、身につけているものはぼろぼろで、赤麻呂の顔にも、美しかった白兎の顔にも、赤い大豆のような粒々が幾つも浮き出ていた。

「兄上、兄上、どうぞ、この笛の音《ね》が耳に届いたら、どうぞ、門を——」

赤麻呂は、背を伸ばし、懐から笛を取り出して、吹いた。

美《よ》い音色が、笛から滑り出てきた。

赤麻呂の周囲で天人が舞い、鬼が涙を流すような音であった。

その音が、ふいに、乱れた。

そして——

いきなり、赤麻呂は笛を放り出し、

「ああ、痒や、痒や、痒や——」

そう言って、自分の顔を、両手でばりばりと掻きむしりはじめた。

「わたくしも、わたくしも——」

白兎もまた、同様に顔を掻きむしり、やがて、ふたりで狂乱したようにそこで踊りはじめた。

最初に倒れたのが赤麻呂で、その上に、折り重なるように白兎が倒れて、ふたりとも動かなくなった。

「ふたりとも、なんて、幸せそうに踊っていたことでしょう」

それを、上から眺めていた青鳥は、満長にそう報告した。

七

一年もたつ頃には、はじめは都のあちこちからあがっていた煙が、いつか三筋になり、それがふた筋、ひと筋になってやがて、ひと筋も昇らなくなった。

一年半が過ぎると、もう、どこからも人の気配は消えていた。

「もう、どこにも煙が見えませぬな」

陰陽師が言った。

「ああ、残念。もう少し、人が踊って死ぬのを見たかったわ」

青鳥が言った。

満長と陰陽師、そして青鳥の三人で、櫓の上に登った。

空は晴ればれと青く澄みわたり、人が都にいたどの時よりも美しい。

この地上に、人の気配はない。

見渡す限り、ことごとく、人は死に絶えてしまったようであった。

「美しいわ。美しいことは、どこか淋しいものね」

青鳥がつぶやいた。

「人の気配が消え、ようやっと、この天地の淋しさのもと、虚《うつろ》の如きものが見えてまいりましたね」

陰陽師が言った。

「なあに、その淋しさのもとの虚って――」

「今、我らの目の前に見えるもの全て。それは、これまでもずっとそこにあったのですよ。それが、今、ようやく見えるようになったのです」

なるほど、そう言われてみれば、この世のもとは虚であるのかと、どこまでも青い空を見ていると、そんな気もしてくる。

ふたりの会話を遮って――

「明日、門を開けるぞ」

満長は言った。

「今宵《こよい》は宴じゃ」

八

楽士たちの奏でる、楽の音《ね》が響いている。

そこで、皆が、歌い、酒を飲んでいる。

「さあ、踊れ、踊れ」

満長は言った。

「明日から、おれが帝じゃ。淋しき虚の帝じゃ。支配する民なぞ、どこにもおらぬ、名ばかりの帝ぞ」

その時、ふいに、奇丸が立ちあがり、

「けけけっ」

と叫んで、狂ったように踊りはじめた。

皆、ぎょっとなって奇丸を見た。

楽の音がやんだ。

「続けよ、続けよ！」

満長が、声をあげる。

奇丸は、笑いながら、踊っていた。

皆は、ほっとした。

奇丸の顔は、赤くもなく、大豆の大きさの粒々も浮いてはいなかったからである。

楽の音が、再び、騒がしく鳴りはじめた。

皆が、踊り出した。

それを、満長が、酒を満たした大杯を手にして眺めている。

と、そこへ、白い疾風のように、舞いながら、踊り込んできた者がいた。

白く見えたのは、白い狩衣で、その人物は、足を跳《は》ねあげ、手をひらめかせ、蝶のように踊っている。

その衣装から、陰陽師であるとわかった。

白い烏帽子を脱ぎ、長い髪をざんばらにして、頭から自らの髪を被っているので、顔が見えなかったのだ。

「なんじゃ、陰陽師か」

と、誰かが、言った時、陰陽師が、その顔にかかった長い髪を、踊りながら掻きあげた。

皆が、

「あ……」

と、声をあげて怯《ひる》んだのは、その髪の下から現われた顔が、真っ赤であったからだ。

皆が、踊るのをやめ、楽の音が止んだ。

しん、とした沈黙の中、皆が立ちすくんでいる。

ただひとり、満長が立ちあがり、空になった杯を持って、踊っている陰陽師に向かって歩いてゆく。

「たわむれは、そこまでじゃ」

満長は、そう言って、杯で、陰陽師の顔を叩いた。

かっ、

と、陰陽師の顔が中央で割れ、それが、からん、からり、と床に落ちた。

それは、赤い仮面であった。

「そのくらいにしてお――」

そこまで言いかけた満長の声が、途中で止まっていた。

仮面が落ち、その下から現われた陰陽師の素顔もまた、赤かったからである。

そして、大豆大の粒が、顔いっぱいに広がっていた。

二日月の如き細い眼はそのままだ。

薄く開いた仏のような口元も、そのままだ。

違っていたのは、眸《め》が赤くなっていたことである。

「おのれ、きさま」

満長が、杯を放り投げて叫ぶ。

ここで、初めて、陰陽師の唇の両端がもちあがり、にいっ、と笑ったのである。

「ごめん」

奇丸が、太刀を抜いて、後ろから陰陽師を斬り下げた。

その背を、ざっくり、深々と断ち割ったはずなのに、まだ、陰陽師は踊るのをやめなかった。

「かあっ」

「けえっ」

二度、三度と奇丸は斬りつけ、最後は、その胸へ深く太刀を突き立てたのだが、陰陽師は、胸から太刀を生やしたまま、笑いながら踊り続けた。

「ほほほほ……」

高い声をあげて、青鳥が舞いはじめた。

続いて奇丸が。

そして、いつの間にか、満長を除く全員が踊りはじめていた。

満長は、逃げた。

こういうこともあろうかと、用意していた奥の部屋へ。
丈夫な木の板で囲った部屋だ。
そこに、水も、食料も用意されていた。
そこへ逃げ込んで、扉を閉めた。
そして、その扉の外では、赤き死が、恣《ほしいまま》に、その場を支配したのである。

九

一日で、扉の外の騒ぎはおさまった。
もう、人声も聞こえぬし、踊って床を踏む音もしない。
もちろん、楽の音《ね》も響かない。
ただ、静寂がその部屋を包んでいた。
二日目に、二度ほど、とんとん、と扉を叩く者があった。
三日目は、二度、扉を爪で引っかくような音が聞こえたが、そのまま静かになって、
沈黙した。
その沈黙に耳をふさぎながら、満長はさらに三日、そこから動かなかった。
いつ、何者かが扉を押し破り、入ってくるかわからなかったからである。
悪夢だ。

悪夢の中に満長は隠れている。

周囲は沈黙した。

沈黙は何よりもおそろしい。それは己れとの無限の対話だからであった。

それに、満長は、おそるべき精神力で耐え続けていた。

そして、九日目に、満長が扉を開いたのは、食料がなくなったからではない。

自分の排泄《はいせつ》した糞便の臭いが耐え難《がた》くなったことと、いずれ、食い物が失《な》くなれば、外へ出なければならなくなることが、わかっていたからである。

どうせ出るなら、その時出るのも、今出るのも同じではないか。

そして、満長は、扉を開け、虚《うつろ》の王となって外へ出たのであった……。

蘇_そ莫_{まくしゃ}者

蘇莫者

同廿一年《おなじきにじふいちねん》十月十八日、八條大将保忠《はちでうのたいしやうやすただ》、中納言のとき勅《ちよく》をうけ給《たまひ》て、日比《ひごろ》奏《そう》せざる舞を御覧《ごらん》ぜられけり。貞信公右大臣《ていしんこうう》《だいじん》にてまゐり給《たまふ》。参入音声《まゐりおんじやう》には聖明楽《せいめいらく》をぞ奏しける。刑《けい》仙楽《せんらく》、西河《さいか》、蘇志摩《そしま》、傾杯楽《けいはいらく》、放鷹楽《はうようらく》、弓士《きゆうし》、採桑老《さいさうらう》、林歌《りんが》、蘇莫者《そまくしや》、泔洲《かんしう》、胡飲酒《こいんじゆ》、輪台《りんだい》、甘酔《かんすい》、これらを（醍醐天皇が）御らむぜられけり。

——『古今著聞集』巻第六管絃歌舞第七「延喜廿一年十月八條大将保忠勅を受けて舞を奏する事」より。

序ノ巻　夜毎《よごと》に来る女《ひと》

一

蟬丸《せみまる》は、眠りの中で気がついた。
気配があるのである。
わずかな気配だ。
露草の柔らかな葉先でさえ動きそうにない微風よりも、さらに微かな気配であった。
それが、庭先にある。
目が覚めはしたが、まだ闇の中であるということでは同じだ。
りーん、
りーん、
チチチチチ……
チチチチチ……
庭の草叢《くさむら》で鳴いている鈴虫や草雲雀《くさひばり》の声は、いささかも途切れることはない。
つまり、これは、人ではないということだ。
そのくらいはわかる。

眼が見えぬ分、気配には人一倍敏感になっている。

この頃では、月の出の音を、背で聴くことができるようになっている。

飛ぶ蛍などの色や、その動きも、こめかみや額のあたりで見ることができる。現に、今、庭の闇の中を、ふたつ、みっつの蛍が、明滅しながら飛んでいるはずだ。

その庭には、青い月光が差している。

その月光の中へ手を差しのべれば、掌《たなごころ》に降り積もってくる月の光の重さで、満月か半月かくらいはわかるのである。

その庭に、月光に濡れたようになって、その気配は立っているのである。

蔀戸《しとみど》も何もかも開け放っているので、外も屋根の下も、夜気が自由にゆるゆると出入りしている。

その夜気に乗るようにして、その気配は入ってきた。

女だ。

また、あの女が来たのだ。

その女の気配が、足元に立った。

ほのかに白檀《びゃくだん》が薫る。

女が、自分を凝《じ》っと見下ろしているのがわかる。

実《じつ》のある人ではない。

死霊か、生《い》き霊《すだま》か、あるいは他の何かであるのか。

不思議に、怖くはない。

この七日ほど、毎夜のようにやってくる女だ。

ひと言もしゃべらない女。

女が、しゃがんだ。

足に何かが触れてくる。

夜気と同じ温度の、柔らかな女の指だ。

その指が、足を撫でている。

脛《すね》、脹脛《ふくらはぎ》、膝、そして太腿……

これまでと同じだ。

違っていたのは、初めて、強い温度を持ったものに、そこが包まれたことだ。

幾許《いくばく》かがあって、女が、そっと身体の横にその身を横たえてきた。

女の息遣いが、耳に届いてくる。

柔らかな乳房が、左腕に押しあてられている。

どこか、なつかしいような、昔知っていたような温かみで、不思議な感じがした。

もう、この女がたれであるのか、気づかねばならない。気づいてさしあげねばならない——その思いがある。

しかし、あとひと息のところで思い出せないのだ。

それが申しわけない。

それがもどかしい。

「あなたは、どなたなのだね……」

ついに、蝉丸は訊いた。

「毎夜、わたしのもとに通ってくるのは、何かわけでもあるのかね」

すると——

うっ、
という低い声が響いて、さめざめと女が泣き出した。

いったい、何故、泣くのか。

考えているうちに、胸の奥、肉の底の方に不思議な温《ぬく》みを持ったものが生じて、それがゆっくりと温度を増してゆくようであった。自分はこの方を知っている——蝉丸は、それがわかった。

しかし、いったいたれであったか。

「あなたは、もう、お忘れですか……」

女が囁くように言った。

「わたしは、あなたが最初に出会われた哀しみです……」

ああ、そうなのかね。

そうなのかね。

蝉丸は、心の中でうなずく。

うなずいているうちに、心の奥にあって記憶を塞いでいたものが、ふいに溶けた。

そうか、これまで自分は、この方の記憶を、悲しみのあまり、封印してきたのだ。

それが、今、消えたのだ。

「ああ、あなただったのですね。あなただったのですね。なんということでしょう。覚えておりますとも。昔と少しもかわらない、その声も、この肌も……」

蝉丸の指が、乳房に触れる。

その指に、女の指が上から重ねられた。

「かわりましたよ、わたくしは……」

女が言う。

「あなたさまが、かわらぬとおっしゃって下さるのは、わたしが生き霊《すだま》だからです。あなたさまの眼がお見えにならないからです……」

再び、女は、静かに、静かに啜《すす》り泣き始めた。

蝉丸は、これ以上はないほど優しい力で女を抱きしめ、

「何か、わたしにできることはございますか——」

そう訊ねた。

すると女は、

「ございますとも……」

蟬丸の胸の中に、その言葉を注ぎ込んだのであった。

「どうぞ、わたくしをお救いくだされませ」

二

博雅《ひろまさ》は、笛を吹いている。

夜――

満月であった。

その日、昼すぎから雨が降りはじめたのである。

糸のように細く、柔らかい雨であった。

肌に触れてもわからないくらいの、霧と見紛《みまご》うばかりの雨だ。

早めに寝所《しんじょ》に入り、燈台の灯りを消して、博雅は、几帳《きちょう》の陰の衾《ふすま》の中に入った。

そして、夜半に眼が覚めたのである。

何で眼が覚めたのか、博雅はすぐにはわからなかった。

闇の中で、あたりのものが、ほのかに見えていた。

理由がわかった。

すぐ横の頭の上にある蔀戸の透き間が、青く光っているのである。その明かりで、周囲のものがぼんやり見えているのである。

蔀戸の透き間から、細い刃物のような光が顔の上に差していて、その光が、瞼の透き間をこじあけるようにして、眼の中に入ってきたのだ。

それで、眼が覚めたのだ。

はて——

博雅は、夜着の中から出て、立ちあがった。

蔀戸を、上へ押し開ける。

開けた途端に、思わず、

「ほう」

声をあげてしまった。

満月だった。

いつの間にか、雨が止んで、おそろしいくらい透明な夜の天に、満月が光っていたのである。

見あげれば、月光に消されて数こそ少ないものの、星も光っている。

すでに夏は終りかけている。

庭の草叢の中で、夏の虫と秋の虫が、混ざりあって鳴いているのである。

ふぃりりりりりり……

ふぃりりりりりり……

すいーっ　ちょん

すいーっ　ちょん

りんりんりん

りんりんりん

すっかり熱気の抜けた大気の中、季節の間《はざま》で、天地が鳴弦しているのである。天地が絃《いと》のように震えているのである。

そして、博雅もまた、鳴弦した。

博雅は、いそいそと夜着までもどってゆき、枕元に置いてあった錦の袋を手にとって、その中から笛を取り出した。

葉二《はふたつ》——

何年も前に、朱雀門《すざくもん》の鬼とひと晩笛を合わせたおりに、自分の笛と鬼の笛とを取りかえたことがあった。葉二は、その時鬼が持っていた笛であり、そういうわけで、今は博雅の笛となっている。

蔀戸のところまでもどり、窓辺の月光の中に立って、博雅は、葉二を唇にあてた。

青い音色《ねいろ》が、きらきら光りながら、葉二から滑り出てきた。

博雅が、窓辺で吸い込んだ月の光が、その体内でいったん発酵した後《のち》、笛の音《ね》となって、葉二から溢れ出てきたようであった。

喨々《りょうりょう》と、笛の音色が、発光しながら月光の中を天へ昇《のぼ》ってゆく。

博雅の血や肉や骨がほどけ、笛の音となって、天地の間にこぼれ出てゆくようであった。

博雅自身が、天地の自然《じねん》のあわいに溶け、草や樹や石や池や水とひとつになってゆく。

三

咳が、出ている。

湿った咳であった。

口に手をあてて、ひとつ、咳をする。その時は乾いた咳なのだが、ひとつの咳がふたつめの咳をよび、ふたつめの咳がみっつめの咳をよぶ。

みっつめから咳が湿り気をおび、痰《たん》がからみはじめ、ひとしきり咳をしてから、ころりとした、丸い、青い痰を吐き出すまでその咳が続くことになる。

今、覚真《かくしん》は、その咳の最中であった。

齢《よわい》、六十八。

喉の下の皮がたるんで、鎖骨に近いところまで下がっている。顔には皺が浮いて、幾つもの老人斑を、その皺の中に巻き込んでいた。

仁和寺《にんなじ》——

七十二年前、仁和四年に宇多天皇が創建した真言宗御室《おむろ》派の総本山である。宇多天皇が、落飾後、そこを住居としたため、御室御所と呼ばれるようになった。

覚真は、この寺に、自室として離れをひとつ持っている。そもそも覚真は、宇多天皇の第八皇子であり、この仁和寺との縁は深い。離れを所望すれば、いつでも手に入るし、なければ造らせればよいだけのことだ。

覚真は簀子《すのこ》の上に座しており、そこから見下ろす庭の土の上には、三人の漢《おとこ》が片膝を地に突いて頭を下げている。

覚真が、懐紙《ふところがみ》を取り出して、べっ、とそこへ唊を吐き出すまで、三人はそれを見ぬように頭を下げ続けている。

「で、首尾はいかがであったのだ」

まだ、喉に残った痰を気にしながら、覚真は問うた。

顎の下から垂れた皺の中で、喉仏が生きもののように上下した。さらに、こめかみのあたりが、ひくりと動く。

どうやら、覚真は緊張しているらしい。

「それが……」

覚真から向かって、一番右端の漢が、口ごもった。

「どうなのじゃ」

「失敗いたしました」

「なに⁉」

「庭の中までは入ったのですが……」

真ん中の漢が言う。

「邪魔が入ったのか？」

「いいえ」

「では何なのだ」

「月が……」

「月がどうしたのだ」

「昨夜は、あまりに月が美しゅうて……」

「月が美しいとどうなのだ」

覚真が言うと、

「もうしわけございませぬ。あのお方をお斬りもうしあげることは、我らにはできませぬ」

それまで黙していた、左の漢が言った。

「あのお方を手にかけることは、たとえ鬼神《きしん》であってもできませぬ」

「月が明るすぎたか。夜の闇にまぎれて、屋敷内に踏み込み、斬り殺して、盗人の仕業と見せて、衣《きぬ》の一枚二枚でも持って逃げれば、それで首尾のことは心配ないと申したは、その方らではないか――」

「申しあげました。しかし、それは我らの考えのいたらぬところでございました」

三人の漢たちが、覚真に説明したのは、次のようなことであった。

源《みなもとの》博雅を亡きものにするため、三人は屋敷の塀を越え、太刀を手にして、寝所の近くまで忍んでいったというのである。

そうしたら、笛の音が聴こえてきたというのである。

耳にする者の魂が、身体ごと夜気の中に透きとおってゆき、月の光が骨まで差してくるような音色であった。

思わず足を止めてその音色に聴きいってしまった。

このような深更に、いったいたれが吹く笛の音《ね》であろうか。

露と、夕刻まで降っていた雨に濡れた草を踏んでゆくと、正体がわかった。

源博雅だったのである。

博雅は、刀を持った者たちが庭に潜んでいることにも気づかず、寝所の蔀戸を大きく開けて、月光の中で葉二を吹いていたのである。

もちろん、自分が命をねらわれていることなど、知りもしない。

無垢な赤子のように、うっとりとなって笛で月の光と戯れているのである。

あまりにも無防備であった。

「あれは、斬ることなどできませぬ」

「博雅さま、ただ自然《じねん》のままのお方にて、手出しをすることなどとてもできるものではありませぬ」

「我々も覚悟を決めて行ったのですが、相手を斬ったり殺したりできるというのは、その相手が、驚いたり、叫んだり、逃げようとしたり、はむかってきたりする時です。あの方は、あまりに自然《じねん》すぎて、我らには手を出すことすらできませなんだ——」

「ただただ、我ら、博雅さまの笛に聴きほれているばかりでござりました」

「われらも、あなたさまの身内ゆえ、多少は管弦の道についてはわかるところがござります。そのわれらがあの笛の音を聴いて身動きならなくなってしまったのです」

「あのままずっと、夜明けまで聴いていたかった。聴いているうちに、我ら三人、知らずのうちに、皆涙を流していたのでござります」

三人は、交互に博雅の笛のことを語った。

そして、博雅が吹くのをやめ、蔀戸を閉める時まで、笛を聴いていたのだという。

「笛の音がやんでからも、しばらくはその場を動けませなんだ」

「息をすることすら忘れておりました」

「もしも、月の夜にまた、博雅さまが笛をお吹きになるというのなら、何夜でも通いたいと……」

三人の言葉を聴いている間中、

「むうむ……」

「むむう……」

「うむむ……」

覚真は、喉の奥で唸っているばかりであった。

時おり、きりきりと音をたてて歯を噛んだ。

やがて、三人の言葉が止んで、まん中の漢が、

「ほんとうに、我ら三人、あのお方を殺《あや》めずにすんだこと、心よりよかったと思うております」

静かにそう結んだ。

と——

「くっ……」

覚真は、声を詰まらせて、眼頭を押さえた。

はらはらと、その眼から涙がこぼれていた。

覚真の身体が、小刻みに震えていた。

む……

むむ……

くむむ……

噛んだ歯の間から、覚真の啜り泣く声が洩れ出てくる。

覚真――敦実親王《あつみしんのう》は、何かをこらえきれずに、忍び泣いていたのである。

巻ノ一　贄《にえ》の音《ね》

一

ほろほろと酒を飲んでいる。

土御門大路《つちみかどおおじ》にある安倍晴明《あべのせいめい》の屋敷だ。

簀子の上に、晴明と博雅は座して、庭を眺めながら、昼間から酒を飲んでいるのである。

酒が入っているのは、唐から渡ってきた、胡《こ》の国で作られた瑠璃《るり》の盃である。

飲んでいるのは、やはり唐から渡ってきた葡萄から醸された酒だ。

盃が空になると、ふたりの傍に座した、唐衣を着た蜜虫《みつむし》が、酒を注ぐ。

異国《とつくに》の酒の香りが、明るい庭の大気の中に運ばれてゆく。

昨日の昼にふった柔らかな雨にぬぐわれて、緑がすっきりと濃くなっている。

夜は目に見えて涼しくなったものの、昼の陽差しが注ぐと、大地に熱気がもどってきて、凝《じ》っとしていても、頸《くび》のあたりにうっすらと汗が浮き、忘れていた暑さがもどってきたような気もするのである。

「よいこころもちだなあ、晴明よ……」

博雅が、左手に持った酒の入った盃を唇に運ぶ途中で止めて、そう言った。

「昨夜の月は、本当に美しかった……」

その眼は、晴明ではなく、何か思い出そうとするように、庭を眺めている。

「深更に起きてみれば、夜風もここちよく、おれはもう秋が来たのかと思うてなあ。思わず明け方近くまで笛を吹いてしまったよ」

ここで、ようやく博雅は酒を口に含み、甘露のようにそれを干した。

盃を簀子の上に置くと、そこへ、蜜虫が葡萄の酒を注ぎ入れる。

その時の楽の音《ね》が、今も耳の奥に残っていて、体内のどこかで鳴り響いている。その余韻に、博雅は耳を傾けているようであった。

「それは、おれも聴きたかったな……」

白い狩衣《かりぎぬ》に身を包んだ晴明が、つぶやく。

「なあ、晴明よ……」

「なんだ、博雅……」

「昨夜、おれが吹いたあの笛の音《ね》、今はどこへ行ってしまったのだろうなあ。できることなら、消えてしまったその音《ね》を追うて、もう一度聴いてみたいくらいじゃ」

「また、吹けばよいではないか?」

「いや、違うのだ晴明よ。昨夜のあの笛の音は、あの晩一度きりのもので、別の日の晩に吹いても、それはもう、昨夜のあの笛の音ではないのだよ」

「それはその通りだな。たとえ、同じ曲を同じ人間が奏したとしても、時や日が違えば、それはもう別の曲と言うてもいい。この世にひとつとして同じ呪《しゅ》がないのと同じだ」

「待て待て、晴明よ、ここで呪の話にしてはならぬ。楽の音の話じゃ」

「いや、博雅よ、楽の音こそ、まさに呪そのものではないか」

「待て。待て、待て、晴明よ。おまえが呪の話をすると、急にややこしうなるからな。それにおまえ、その眼も口元も、笑うているではないか。それは、おまえがいつもおれをからかおうとする時の顔ではないか。おれは、一度この世に間違いなく生まれて、今はいずれかへ消えてしまった楽の音について言うているのだぞ——」

「呪のたとえはならぬというのか」

「ならぬ」

「そうさな。では、別の言い方をしようか。いつぞやも話したことかもしれぬが、それは、帰っていったのであろうな」

「帰っていった？」

「うむ」

「どこへだ」

「神のもとへだ」

「神の？」

「楽の音というものは、あれはつまり、神へ捧げられた贄《にえ》じゃ。神への供物よ。だから、笛の音もまた神へ帰ってゆく。神でわからぬのなら、自然《じねん》のもとへと帰ってゆく――そう言うてもよかろうよ」

「な……」

「楽の音ばかりではない。およそ、人の為す技《わざ》というものは、いずれも神に捧げられた供物ということだな」

「むむ……」

「かつてこの世にあって、今は消えてしまった秘曲も多くあろうよ。その曲も、神のもとに今はあるということだ」

「そ、それはつまり、今はもうたれも知らぬ秘曲であっても、神のもとへゆけば、そこにあるということか――」

「うむ。おそらくは、幾千幾万、幾億もの極微《ごくみ》となって、この自然《じねん》の中《うち》に溶けているであろうから、できることなら、その自然の中へ分け入って、それを拾うて集めてゆけば……」

「ゆけばどうなのだ?」

「今、おまえが心の中に追っているその楽の音《ね》と同様に、蘇るやもしれぬな」

「まさにそれは、呪をもって消えた楽の音を召喚するということか――」

「おう、博雅よ、その通りだ。呪のたとえとして、それは、それほどはずれてはおらぬ」

「ああ、しまった。思わず呪などと口にしてしまったが、おれは、別に、それをわかって口にしたわけではないのだよ、晴明――」

「そういうものさ」

晴明は微笑して、簀子の上の盃を手にとった。

飲む。

口に含んだ酒の余韻がまだ舌の上に残っているように、晴明の赤い唇に笑みが浮いている。

「その顔を見ていると、なんだかくやしゅうなってくるな」

「気にするな、博雅」

「いやいや、気にしているわけではない——」

言ってから、博雅は、何ごとか気づいたように、

「そうじゃ。気にする、で思い出したが、おれはこのところ、ずっと気になっていたことがあってな」

晴明に言った。

「なんだ」

「玄象《げんじょう》のことだ」

「おう、玄象——」

「羅城門《らじょうもん》で、夜な夜な玄象を弾いていた、漢多太《カンダタ》という鬼がいたろう。あの鬼から返してもろうた玄象だ。ひと月半あまりも前のことであったかな」

博雅が口にした玄象というのは、琵琶の名前だ。

「もちろん、覚えている」

晴明はうなずいた。

ひと月半あまり前、梅雨が終りかけた頃のことだ。

宿直《とのい》をしていた博雅は、ふと、遠くから響いてくる琵琶の音を耳にした。耳を澄ませて聴いてみれば、それは、しばらく前に紛失《ふんじつ》した、帝《みかど》の琵琶である玄象の音色であった。

その音をたどって南へ下ってゆくと、なんと羅城門の上からその音は聴こえてくる。天竺の鬼である漢多太が、玄象を盗んで弾いていたのである。

それを、晴明と博雅がとりもどしたのである。

この琵琶の玄象、唐の国で作られたものであり、百二十二年前、承和五年に入唐した藤原貞敏《ふじわらのさだとし》が、唐から持ちかえった三面の琵琶のうちのひとつである。

ちなみに、その三面の琵琶、それぞれ銘があって、玄象、青山《せいざん》、獅子丸《ししまる》という。

「玄象がどうしたのだ」

「三日前だが、弾かせてもろうた」

「玄象をか」

「さすがによい音色でな、絃《いと》を弾《はじ》けば、その音によって、おれの身体がほろほろと天地の間《あいだ》にほどけてゆくようでなあ……」

「何でまた玄象を？」

「主上《おかみ》に呼ばれたのだ」

「主上に？」

「うむ」

主上というのは時の帝のことであり、天徳四年のこの時で言えば、村上《むらかみ》天皇のことである。

「どうしてまた？」

「いや、玄象が鳴らぬというので、ちょっと具合を見てくれぬかということでな。ちょうど、おれが内裏にいる時であったので、声がかかったのさ」

帝――村上天皇が、もどってきた玄象を弾こうとしたのは、十日ほど前のことであったという。ところが、玄象を抱えて、撥《ばち》をあてても鳴らない。

音はする。

音はするのだが、
ぽそっ、
ぽそっ、
という、湿った音がするばかりで、絃《いと》が震えもしなければ、響きもしない。

雅楽寮《うたまいのつかさ》の、それなりの者を呼んで弾かせたのだが、やはりだめであった。

「はて、天竺の鬼が弾いて、どこぞを悪くでもしたか――」

それで、雅楽寮に預け、絃《いと》を張りかえさせたり、色々やって、三日前に帝のもとへもどってきた。

　この日に、手元にもどってくるというので、帝は仁和寺から敦実親王を呼んでいた。

　敦実親王と言えば、宮中にも並ぶものがないと評判の琵琶の名手である。琵琶のみならず、管弦の道の全てに通じ、笛であれ、箏《そう》であれ篳篥《ひちりき》であれ、あつかえぬ楽器はひとつもない。しかも、その全ての楽器に堪能であった。

　敦実親王、出家して、仁和寺では覚真という僧名で呼ばれている。

　実は、玄象、青山、獅子丸——三面の琵琶を日本国に持ちかえってきた藤原貞敏だが、妻がいた。唐の国の女で、琵琶の師であった人物の娘である。この娘を妻として、一緒に帰国したのである。他に箏の琴などももち帰ってきており、さらに琵琶の曲も持ちかえってきた。

　それが——

「楊真操《ようしんそう》」

「流泉《りゅうせん》」

「啄木《たくぼく》」

　の三曲である。

　この三曲、貞敏は、めったに弾くことはなかった。

　そして、誰にも伝えずに、貞観《じょうがん》九年（八六七）、齢《よわい》六十一で、貞敏はこの世を去ってしまった。その時から、この三曲、噂にのみ伝えられて、たれも弾くことのない秘曲となってしまったのである。

その秘曲を、この世に蘇らせたのが、敦実親王であった。

この曲について書きつけたものもなく、弾ける者もいなかったのだが、耳にした者はまだ何人か生きていたので、敦実親王は、その者たちのもとを訪ね歩き、

「それは、このようなものでありましたか」

「ここは、このように弾くのでよろしいのですか――」

「貞敏さまはここはこうやっておられましたか――」

このように、眼の前で琵琶を弾きながら訊ねたのである。

訊ねられた者は、

「ああ、そこはそのように弾かれておられましたな」

「そこは、もそっと速うに――」

「ああ、それそれ、それでござります」

そのように教えてくれる。

それで、敦実親王は、なんと、五年かかって、三つの秘曲を弾けるようになってしまったというのである。

しかし、敦実親王もまた、この秘曲を他の者に教えるということをしなかったばかりでなく、めったなことでは、人前で弾くこともなかったのである。

さて——

呼ばれて、紫宸殿《ししんでん》に入った博雅の前には、村上天皇のみならず、この敦実親王と、雅楽寮の藤原家長《いえなが》がいた。

そして、帝の膝の上には、琵琶の玄象がのっていたのである。

「博雅よ、そなたが安倍晴明とともにとりもどしてくれたこの玄象だが、実は鳴らぬのだ」

村上天皇はそう言った。

「鳴らぬ?」

「我ら三人で、あれこれやってみたのだが、鳴らぬ」

「はて——」

と、博雅は、怪訝そうな顔をした。

実は、博雅、この玄象を取りもどした時に、がまんできずに、帝に渡す前に、自分の手で弾いてしまったのだ。

鳴った。それは覚えている。

〝わたしが弾いた時には、鳴りましたよ〟

しかし、それはむろん、口にできる一言ではない。

「鳴らぬので、絃を張りかえさせた。塵もついていた。名品には、昔から霊が宿るというので、これを玄象が拗ねて鳴らぬのかとも思い、塵をのごって、弾いてみたが、やはり鳴らない。さらにあれこれ試してみたのだが、それでも鳴らぬ……」

雅楽寮の藤原家長、敦実親王はもちろん、村上天皇も琵琶の名手である。

その三人があれこれやって鳴らぬというのは、これはよほどのことである。

「博雅よ、これをとりもどしたは、ぬしじゃ。ぬしが試しに弾いてみよ」

二

「主上がそう仰せになるのでな」

博雅は、子供のように嬉しそうな顔で言った。

「で、博雅よ、おまえ、弾いたのか」

晴明が訊く。

「むろん。人前で玄象を弾くことなど、そうそうあるものではない。もちろん弾いたさ」

「で、どうなのだ」

「いや、実によき音色であったよ。一曲だけだったがな、身体が子供のように若がえった気分さ。それを、おまえに言いたかったのだよ、晴明――」

「で、どうだったのだ」

「どうとは？」

「その後だ。おまえが弾いた後、他の方々はもう一度玄象を手にされたのか――」

「おう。主上と、藤原家長さまが弾かれたのだが――」

「どうだったのだ」

「鳴らなかった」

「敦実親王――覚真どのは？」

「主上に勧められたのだがな、急に気分がすぐれぬようになられたのか、玄象を手にならなかったよ」

「ああ――」

晴明は、右手を額にあてて、小さく息を吐いた。

「どうした、晴明」

「いや、敦実親王だが、どうしてご気分がすぐれぬようになったのだ」

「さあ、おれにもよくわからないよ。そう言えば、おれが玄象を弾きはじめた時、『あっ』と、声をおあげになっておられたな」

「声を？」

「うむ」

「その時、博雅よ、おまえが弾いたという曲は何だったのだ」

「おい、晴明、あの玄象だぞ。決まっているではないか、『啄木』だよ」

「なんだと？」

「おまえにも話をしたではないか。三年前、蝉丸どのの庭に忍んだ時、蝉丸どのが、たまたま『流泉』、『啄木』をお弾きになられてな。それで覚えてしまったのさ……」

博雅は、あっけらかんとした表情で言った。

「いや、なにしろ、敦実親王——覚真どのは、なかなか、『流泉』、『啄木』の曲を教えてくれぬでな。話によれば、蝉丸どの、その昔、敦実親王の雑色《ぞうしき》であったことがあって、その頃、敦実親王がお弾きになる『流泉』、『啄木』、『楊真操《ようしんそう》』を耳にしているうちに、自然に覚えてしまったということではないか。ところが、逢坂山《おうさかやま》に庵を結んで、そこにこもってしまい、以来、たれも蝉丸どのが、この秘曲を弾くのを聴いたことがない。それで、三年、逢坂山に通って、庭に忍び、蝉丸どのが自然に、その秘曲を弾くのを待ったのだ。そうしたら、ちょうど三年前の今ごろであったか、昨夜の如き、美しい満月の晩に、蝉丸どのが、嫋々《じょうじょう》とこの秘曲を弾きはじめたのだ。おれはもう、天にも昇る心地であったぞ——」

その時のことを思い出したのか、博雅はうっとりとした顔つきになった。

「『楊真操』は？」

「ああ、それならば、以前、敦実親王がお弾きになったのを耳にしたことがあったのでな、その時覚えたのさ――」

「覚えた?」

「ああ。知らなかったか、晴明よ。おれは、どのような曲でも、一度耳にすれば、覚えてしまい、自分でも奏することができるのだ」

それを耳にした晴明は、困ったような、哀しむような、愛しいものを見るような、なんとも言えない顔で博雅を見、

「ああ、博雅よ、博雅よ……」

溜め息と共に、その名を呼んだ。

「どうしたのだ、晴明」

「おまえには、何ものにもかえがたい、天から与えられた才がある」

「めずらしく、おれを褒めているのか」

「しかし、博雅よ、おまえは、才がありすぎる。しかも、おまえ自身が、その才のことにまるで気づいておらぬ。おまえは、無垢すぎるのだ、博雅よ――」

「え……」

「博雅よ、無垢は、時に罪だ……」

「何を言っているのだ、晴明」

「おまえの身を心配しているのさ。何かよからぬことでも起こりはしまいかとな――」

「おどすなよ、晴明。よからぬこととは何なのだ?」

「おれにもわからぬよ、人の心はな……」

「ふうん……」

博雅は、晴明の言うことがわかったような、わからなかったような様子で、ともかくもうなずいた。

「まあ、そのことは、今はおいておこうよ。そろそろ、おいでになるころあいなのでな」

「おいで? どなたが来るのだ」

「今、話に出た、逢坂山の蟬丸どのさ」

「おう、蟬丸どのが」

「うむ。昨日のことだが、明日、訪ねたしと、文をもろうたのだ。明日というのが、つまり、今日のことなのだ」

「玄象の一件いらい、お目にかかってないが、来られるというのは、つまり、ここへということか――」

「そうだ」

晴明がうなずく。

「蟬丸どのなら、おれも会いたい。ここにいてよいか――」

「もちろん」

「で、御用件は何なのだ」

「それは、まだわからぬのだがな、推察するところ、どうも、どこぞのやんごとなき女房どのがからんでいるらしい……」

「女房?」

「まあ、それは、ここで我々があれこれ言うよりは、蟬丸どの本人の口からうかがうのがよかろうよ」

晴明が言った時、蜜夜《みつよ》の声がして、

「逢坂山の蟬丸法師さまがお見えになりました——」

件《くだん》の法師の訪れを告げたのであった。

三

「なるほど……」

と、晴明がうなずいたのは、夜毎にやってくるものについて、蟬丸が、ひと通りのことを語り終えてからであった。

簀子の上に座しているのは、晴明と博雅、そして、蟬丸の三人である。

すでに酒は下げられていて、晴明の式神《しきがみ》である、蜜虫、蜜夜の姿もない。

博雅は、蟬丸の口から思いがけなく艶っぽい話を耳にして、わずかながら、少し顔を赤らめているようであった。

「そのお方は、自らのことを、生き霊《すだま》と、そう言われたのですね」

博雅が問えば、

「はい……」

蟬丸が、うなずく。

出かける時には、いつも蟬丸は無名《むみょう》という琵琶を背負っているのだが、その琵琶は今は蟬丸の傍《かたわら》に置かれている。

普段は、蟬丸は、恋だの愛だのといった、艶っぽい話はあまりしたことがない。博雅とする話と言えば、ほとんどが音楽の話か、楽器の話である。それでたいくつしたことがない。

しかし、今日は、生き霊とはいえ、夜毎に通ってくる女の話である。

「夜毎ということになれば、気まぐれや何かの偶然で来たということではありませんね――」

晴明が言う。

「ええ」

蟬丸がうなずく。

「頼みたいことがあると、そのようにその方は言っていたということでしたが……」

「その通りです」

「いったい、何を頼みたいと？」

「わたくしを、救って欲しいと……」

「わたくし、というのはつまり、その方自身のことですね」

「はい」

「いったい、何から救って欲しいとおっしゃっているのですか——」

「それが、わからないのです」

「わからない？」

「何から救って欲しいのかを、その方がおっしゃらないのです……」

どうしたのだね……

いったい何から救って欲しいのだね……

蟬丸がそう問うても、答えてくれないというのである。

ただ凝《じ》っと口を閉じ、うらめしそうに自分を見つめているような女の気配だけが届いてくるというのである。

そして、やがて、夜が明ける前には、その女人の気配は消えてしまうというのである。

「毎夜のようにというのは、いったいどれほどですか？」

「この半月ほどのあいだに、十度はいらしたでしょうか」

「毎夜ということではないようですが……」

「それは、その方がいらしていた時は、ということで、この四日ほどは一度も……」

「それまで、こんなに間をあけたことはなかったと――」

「はい。あってもひと晩くらいのことで……」

「それで、心配になったということなのですね」

「はい」

蟬丸がうなずく。

晴明は、何かを迷っているように蟬丸をしばらく見つめてから、

「その方のことを、愛《いと》しう思うておられるのですね」

そう訊ねた。

「ええ」

「蟬丸さま、そのお方が、実はたれであるのか、御存じなのでしょう」

晴明が問えば、

「はい」

顎を小さく引いて、蟬丸はうなずいた。

「どなたなのですか。さしつかえなければお名前を……」

晴明に問われて、蟬丸は、思案するかのように、唇を閉じた。

しばらくの沈黙があって、ほどなく決心がついたように顔をあげた。

「申しあげましょう」

蟬丸は、傍に置いていた琵琶の無名を手で引き寄せ、それを愛おしそうに膝に抱え、

「藤原能子《ふじわらののうし》さまにございます」

そう言った。

閉じた、蟬丸のふたつの眼から、おもいがけなく大きな涙の粒が、ほろりと落ちた。

巻ノ二　白猿伝

一

天徳四年からかぞえて三十九年前——

延喜《えんぎ》二十一年十月十八日、仁和寺において、舞が奏《そう》せられた。

醍醐《だいご》天皇が、急に舞を見たいと言い出したことから、その勅《ちょく》を受けて、藤原時平《ふじわらのときひら》の息子、中納言藤原保忠《やすただ》があれこれと差配して、この舞御覧《まいごらん》が実現の運びとなったのであった。

この儀には、宮中の主だった者をはじめとして、時の右大臣藤原忠平も忠平の息子の実頼《さねより》も列席した。

醍醐天皇が、仰せになったのは、

「日ごろ奏されることのない舞を見たい」

ということであった。

そのため、差配はなかなかにたいへんであった。

この日、奏せられ、天皇が御覧じになられたのは、次の十三曲であった。

刑仙楽《けいせんらく》。

西河《さいか》。

蘇志摩《そしま》。

傾杯楽《けいはいらく》。

放鷹楽《ほうようらく》。

弓士《きゅうし》。

採桑老《さいそうろう》。

林歌《りんが》。

蘇莫者《そまくしゃ》。

泔洲《かんしゅう》。

胡飲酒《こいんじゅ》。
輪台《りんだい》。
甘酔《かんすい》。

林歌、甘酔などのように、高麗からやってきた曲もあったが、多くは唐から渡ってきた曲であり、この日参入音声《まいりおんじょう》として奏せられた聖明楽《せいめいらく》は、唐の玄宗皇帝が作った曲であるとも言われている。

古い曲もあり、めったに奏されることのない曲ばかりで、中には、曲はわかっていても舞い方がわからないという曲もあった。

たとえば、それは蘇莫者という曲であり、他の曲は、全て雅楽寮の舞人《まいびと》が舞ったのだが、この曲だけは、雅楽寮以外のところから人を見つけて、舞わせたのである。

そして、この席には、一品《いっぽん》の式部卿宮《しきぶきょうのみや》敦実親王も列席しており、醍醐天皇の女御《にょうご》であった藤原能子もまた、御簾《みす》の陰から、この時奏された曲を聴き、舞われた舞を見ていたのである。

そして、この日、やがて、この場にいた何人かの人物の運命を変えることになる風が吹いたのは、蘇莫者が舞われている時であった。

二

蘇莫者という曲は、多くの舞楽の曲が異国からやってきたとされているなかで、我が国で生まれた数少ない曲であるとも言われている。

誰が作曲したのか――つまり、誰が一番はじめにこの曲を奏したのかというと、三説ある。

ひとつは、厩戸皇子《うまやどのおうじ》、つまり聖徳太子が奏したという説である。

もうひとつは、役行者《えんのぎょうじゃ》が奏したという説である。

最後のひとつは、さうさむたうきゃくという人物が奏したという説である。

それぞれの説は、『教訓抄《きょうくんしょう》』、『龍鳴抄《りゅうめいしょう》』などに記述が残されているのだが、これらの書は、いずれも百年以上も後の世に著わされたもので、延喜二十一年と、天徳四年のこの時には、二書ともまだこの世にない。

しかしながら、聖徳太子にしても、役行者にしても、飛鳥、奈良を前後する時代の人物であり、どのような説があるにしろ、それが、このふたり、あるいはさうさむたうきゃくという人物が蘇莫者という曲を奏した――作ったという説を否定するものではない。

ちなみに、聖徳太子説について次のような伝説が残っている。

ある時、聖徳太子が信貴山《しぎさん》の椎坂《しいさか》というところへ出かけたというのである。その時、山中で尺八を吹いたところ、その音色を愛《め》でて、猿の姿をした山神が現われて、踊り、舞った。

その姿を写《うつ》したものが、蘇莫者の舞である——というのが、その伝説の内容である。

役行者、さうさむたうきゃく説においても、吹くものが尺八から笛にかわり、場所が吉野の大峯山中にかわるだけで、内容はほぼ同じである。

いずれにしろ、尺八の音、笛の音《ね》の美しさに誘われ、山の精霊が姿を現わして、これを寿《ことほ》ぎ、喜び舞ったというところでは、どの説話も変わりはない。

延喜二十一年十月十八日、仁和寺でこの蘇莫者が奏され、舞われたのは、全十三曲中九番目であった。

三

本堂の前に設置された舞台の上に、笛を手にした太子である楽人《がくじん》が唐冠《とうかんむり》を被り太刀を下げて立っている。

手にしているのは龍笛《りゅうてき》である。

わずかな風があった。

陽差しはおだやかで、寒さはほとんど感じられない。大気の冷たさとわずかな風が、陽差しのあたたかさを頬から奪ってゆくので、ちょうどよい心地よさがある。

楽人が、笛の歌口を唇にあてる。

陽差しの中に、笛の音が静かに滑り出てきた。

笛の音が、陽を受けて光る。
笛の音は、陽と風と遊んでいるようであった。
その笛の音に合わせて、太鼓が、
どん……
と、低く鳴った。
どん……
そして、また間をおいて、
どん……
と鳴る。
太鼓はまるで、地の底で脈打つ、大地の心音のようでもあった。
その太鼓の音に乗るようにして、
のっ、
のっ、
と、階《きざはし》を踏みながら舞台にあがってきたのは、赤い裲襠《りょうとう》を身に着け、腰に太刀を下げた舞人である。
舞人が舞台にあがった時、風が一瞬強くなって、むこうにある松の梢が、蕭々《しょうしょう》と鳴った。

舞人が止まる。

長い白髪《はくはつ》、白髯《はくぜん》。

左手には、桴《ばち》を握っている。

金漆で塗られた、黄金の面《おもて》を被っている。その面は、かっと大きく口を開き、牙の間から赤い舌を下顎の方へ垂らしている。

奇怪な面であった。

森の精霊、山の神である猿をあらわしたものだ。

舞人が、笛に合わせて浅く腰を落としながら右膝を持ち上げる。この時、同時に左足の膝をゆるく曲げる。次に、地である舞台を踏むように、右足を落とし、その右足を横へ滑らせ、足を開いたかたちになったあと、両手を天へいっぱいに持ち上げ、足を開いたまま、大きく腰を落とす。間をおかずに、両手を下ろしながら下げていた腰を持ちあげ、立ちあがりながら、左足を右足へ寄せてくる。寄せてきた左足を持ちあげ、踵で地を踏み、踏んだその足を、斜め左前方に滑らせて、つま先を立てて止める。

時に、小走りに駆け、時に後ろへ向き、前に向きなおり、また、地を踏む。

一見、単純そうな動きに見えるが、そこには、実に複雑で精妙な動きと、細かな緩急があった。

いつの間にか、笛と太鼓に、羯鼓《かっこ》、笙《しょう》、篳篥《ひちりき》が加わって、山の神である猿は悦《よろこ》び、踊って、うかれているように見える。

能のない舞人が舞ったら、ただ荒っぽくなるだけの動きだが、この舞人の舞は、緩急の中に品があり、美しく、動くたびに、菊のような良き香りが、風の中に立ち昇ってくるようであった。

不思議なことに、この舞に天地が応《こた》えるかの如く、風が出てきた。

松の葉に風があたって、針のような葉先が鳴り、近くの楓や桜の梢が、ざわりざわりと揺れはじめた。

風が、だんだん速くなるにつれて、揺れる梢の動きも速くなってゆく。

左手の桴を持ちあげ、それに右手を添えて、首を振る。長い白髪と白鬚が、ざん、ざんと揺れる。

風が強さを増す。

樹の梢が大きくうねる。

天地が、楽の音と舞に、呼応しているようであった。

回転して、両腕を振り、横へ跳ぶように動いたその時——

ざあっ、
と、ひときわ強い風が吹いた。

その時、ふたつのことが起こっていた。

その風で、藤原能子を隠していた御簾が大きく吹きあげられ、その姿と顔が、その場にいた者たちの眼に、一瞬さらされてしまったのである。

もうひとつのことというのは、舞人の被っていた面《おもて》がはずれて、地に落ちてしまったことである。

その面の下から現われたのは、思いがけなく若い、凜々《りり》しい漢《おとこ》の顔であった。

そして、ふたりは、その一瞬、互いに相手の顔を見、眼を見合わせてしまったのである。

「あっ」

と、藤原能子は、声をあげていた。

「おう」

と、その舞人は、動きを止め、藤原能子の顔に見入ってしまった。

次の瞬間には、御簾はすぐにもとにもどってその貌を隠していたのだが、藤原能子の顔が、その舞人の眼に焼きついてしまったのである。

この間も、楽の音は途切れることなく鳴り続けている。

舞人は、すぐに面を拾ってその顔につけ、何ごともなかったようにまた舞いはじめたのだった。

やがて——

舞が終り、舞人が舞台を降りてゆくと同時に、風は止んでいたのである。

巻ノ三　蟬丸

一

その日——

陽差しはあるものの、吹く風は冷たかった。

秋の化粧《けわい》は、すでに消えて、大気もよく澄み、熾《お》こった炭の匂いがなつかしくなるころであった。

都大路を、琵琶を背にした漢が歩いている。

その漢の人相、まだ若いと言うべきかどうか——見ただけでは、ちょっと迷うところがある。

一見、二十歳《はたち》をいくらか出たばかりかとも思えるが、その足どりや、あたりへの眼の配り方などを考えると、もう少し上のようにも見える。

いっていても、三十はこえていないであろう。

着ているのは、白い小袖だ。

その小袖、けして新しいものとは見えないが、襤褸《ぼろ》のようでもない。貧乏はしているかもしれないが、かといって明日からの暮らしにも困っているという風体ではない。

半月あまり前、仁和寺で、蘇莫者の舞を舞った舞人だった。

朱雀大路《すざくおおじ》を上って、右へ折れ、左へ折れ、そういうことを何度か繰り返し、足を止めた。

唐風の、立派な門の前だった。

門は、閉じられていた。

敦実親王の住む邸の門である。

漢は、門を叩き、そして言った。

「敦実親王さま、おいでてございましょうか。先日、仁和寺で蘇莫者を舞った舞人がこのわたくしです。お呼びいただき、ありがとうございます。どうぞ、ここをお開け下さい――」

その漢は言った。

「お開け下さい、近江《おうみ》からやってまいりました蟬丸にござります――」

蟬丸は、敦実親王の雑色として仕えることになった。

ひと口に雑色と言っても、様々な仕事があるのだが、蟬丸の場合は、敦実親王の、個人的な雑用係りといっていい。

敦実親王が出かけるおりには荷を担ぎ、時には、やんごとなき姫のもとへ文を届けたり、その女のもとへ敦実親王が通う場合には、その送り迎えもする。

ある時——

「その方、舞だけでなく、琵琶も嗜《たしな》むのか？」

蟬丸は、敦実親王から、そう訊ねられた。

最初にあらわれた時、蟬丸が琵琶を背負っていたからである。

「いささかではござりますが……」

その時、蟬丸はそう答えている。

「いささかというのは、それはつまり、それなりに自信があるということじゃな」

「いえ、自信などは、とても——」

「弾いてみせよ」

「とても、人前で、披露できるような腕ではござりませぬ……」

敦実親王と言えば、琵琶の腕では当代一、並ぶものなきと評判の琵琶の名手である。

その眼前で琵琶を弾くなどということは、とんでもないことであった。

蟬丸が辞退するというのは、当然のことであった。

しかし——

「かまわぬ。弾いてみせよ」

そこまで言われて固辞できる立場ではない。

弾いた。

これを、敦実親王はいたく気に入って、

「よき音《ね》じゃ」

その後、蟬丸と琵琶だけでなく、ひろく音楽の話などもするようになったのである。

ある時、敦実親王が、問うたことがあった。

「蟬丸よ、その琵琶、なかなか良き音で鳴るが、どうやって手に入れたものじゃ」

「亡きわが父の形見にて、父が亡くなる三日前に、形見として賜りました」

「銘などあるのか——」

「名もなき琵琶で、銘などない——との話でござりましたので、わたしは無名《むみょう》と呼んでおります」

「で、そなたの父は、どこの出であったか？」

「昔は、都にいたと聞いております。都のどこにいたかまではわかりませんが、三十二の時に、都から出て、あちこち彷徨《さまよ》うたあげくに、近江の地に落ちついたと耳にしております。近江の地で、我が母風音《かざね》と四十九の歳に知りおうて、それから一年後に生まれたのがわたしでござります」

「そなたの父だが、名は何と？」

「長秋《ながあき》と申します――」

「その長秋だが、都では何かやっておったのか――」

「我が父は、昔のことはほとんど語ることがなかったので、わかりませぬ――」

都でのことは、何も語らぬ父であったが、琵琶を教えてくれたのも、舞を教えてくれたのも、父の長秋であった。

「この舞は覚えておくとよい――」

そう言って、蘇莫者の舞も、父長秋から琵琶に合わせ、手とり足とり教わったものであった。

「この舞は忘るなよ。さすれば、いつか、何かの役に立つかもしれぬ」

父の弾く琵琶に合わせて、蟬丸は、何度もこれを舞い、覚えてしまった。

「これしか、舞えませぬ」

蟬丸は言った。

その父も母も、十年ほど前に亡くなっている。

そして――

「帝が、古き舞を所望されている」

との話があって、近江から都へ出たのである。

近江に、蘇莫者の、みごとな舞人がいるとのうわさが、都にも伝わっていたらしい。

雅楽寮の舞人たちと、舞を競わせてみると、噂通りになんとも素晴らしい蘇莫者を、蟬丸は舞った。

それで、仁和寺での舞人に、蘇莫者に限って、蟬丸が選ばれたのであった。

二

蟬丸と敦実親王、同い年であった。

音楽の話も、合う。

蟬丸にとっては、楽しい日々が、何年も過ぎ――

そのことがあったのは、醍醐天皇が亡くなった、翌年のことであった。

その年の夏――

「いよいよ、時が来た――」

敦実親王が、蟬丸に言ったというのである。

「蘇莫者を舞うのだ、蟬丸よ。この時のためにこそ、わしは、ぬしを我がもとに呼んだのじゃ」

巻ノ四　能子《のうし》恋々《れんれん》

一

藤原能子——

三条右大臣藤原定方《さだかた》の娘であったことから三条御息所《さんじようのみやすんどころ》とも衛門御息所《えもんのみやすんどころ》とも呼ばれた。

能子をのうしではなくよしことすることもあり、没年は応和四年（九六四）四月——

生年はわかってないが、この物語では、仮に昌泰二年（八九九）の生まれとしておきたい。

延喜十三年（九一三）、十五歳の時に、醍醐天皇の女御となった。

醍醐天皇が、延長八年（九三〇）に崩御した後、当時、蔵人頭《くろうどのとう》であった藤原実頼《さねより》の室《しつ》となった。

この物語の時代——天徳四年（九六〇）の村上天皇の時には、実頼は左大臣であり、つまり能子はその妻であったということになる。

実頼六十一歳、能子六十二歳の時である。

現実の話をしておけば、天徳四年のこの時、安倍晴明は四十歳くらい、源博雅は四十三歳なのであるが、このふたりの年齢は、本話では重要なことではない。

で――

能子の話である。

藤原能子、醍醐天皇の女御であった頃、恋をしていたのではないかという、艶っぽい話が残されている。

しかも、その相手というのが、醍醐天皇の弟――同母兄弟である敦実親王なのである。

『大和物語』によれば、敦実親王は、醍醐天皇の崩御後、足繁く能子のもとに通っていたらしい。

その足が、どうやら遠のいたらしく、通ってこない敦実親王に、正月七日、能子は若菜と共に、次のような歌を贈っている。

ふるさとと荒れにし宿の草の葉も
君がためとぞまづはつみける

正月七日ということは、つまり、つんだのは七草のことであろう。

七草はもちろん、歌を贈るための、むしろ添えものであって、本意は、

〝わたしのことを忘れないで欲しい〟

という意の歌の方にあるのはいうまでもない。

『大和物語』では、この女性は二条御息所と記されているのだが、二条御息所は、この時期よりずっと以前に世を去っているので、今では、この女性は三条御息所——つまり能子ということになっている。

さらに——

おなじ人、おなじ親王《みこ》の御もとに、久しくおはしまさざりければ、秋のことなりけり。

世に経れど恋もせぬ身の夕されば
すずろにものの悲しきやなぞ

とありければ、御返し、

夕ぐれにもの思ふ時は神無月
われもしぐれにおとらざりけり

となむありける。心にいらで、あしくなむよみたまひける。

〝おなじ人〟というのはもちろん能子のことで、能子が、ただひたすら会いたがっているのに〝親王〟――つまり敦実親王の返した歌の方は、愛想がない。

自分も涙を流しておりますよ、と歌で無難に言うだけで、会いにゆくとも何とも書いてないのである。

『大和物語』の作者が、

〝心にいらで、あしくなむよみたまひける〟

と書いているのもよくわかる。

〝歌に心がこもっておらず、歌もわざと下手に詠んだのではないか〟

それほどの意であろう。

『後撰和歌集』によれば、ある時、敦実親王の妹――同母兄妹である柔子《じゅうし》内親王が、能子あてに手紙を書いたというのである。

式部卿あつみのみこしのびてかよふ所侍りけるを、のちくたえぐになり侍りければ、いもうとの前斎宮のみこのもとよりこのころはいかにぞとありければ、その返事にをんな

しら山に雪ふりぬればあとたえて
今はこしぢに人もかよはず

白山に雪が積もったので、越《こし》の国に人が通わなくなるように、あのひともわたしのもとには通ってきません――


というほどの意である。

自分の兄、つまり敦実親王の恋人である能子に、柔子内親王が、

「このごろ、うちの兄とはうまくやってるの?」

と訊ねたところ、

「それが、近ごろはちっとも逢いに来てくれないのよね」

こんなふうに、能子が答えたというところであろうか。

この話は、前記した『大和物語』にも載っている。

いずれにしろ、醍醐天皇の崩御後、敦実親王と能子との間に、通い通われるという関係があったことだけは、確かなようである。

そして、敦実親王が通わなくなり、結局、能子は、藤原実頼の室になったということになる。それが、能子が三十代半ば前後の頃であろうか。

二

それから、およそ三十年後の天徳四年、土御門大路にある安倍晴明の屋敷の簀子の上で、今、晴明と博雅は、蟬丸の口から、能子の名が出るのを耳にしたということになる。

しかし——

藤原能子と言えば、今は時の左大臣藤原実頼の室である。

こちらから勝手に足を運んでいって、

「何かお困りのことでもございますか」

そう問うわけにもいかない。

能子の方から、文なりともよこして、助けて欲しいということであれば話は別だが、今の状況では、それはできることではなかった。

「能子さまが、この晴明の名を出されたわけではないのですね」

晴明が訊ねると、

「わたしの一存で——」

蟬丸は、自分の意思だと言うのである。

いずれにしても、能子を訪ねる時は、実頼の顔色をうかがっておく必要もある。頼みごとの内容によっては、よからぬ噂が立って、実頼が失脚するきっかけにもなりかねない。

「実頼どのと言えば、先般の歌合わせのおり、判者をつとめられた方だ」

博雅が言う。

歌合わせというのは、歌人を右方と左方に分けて、恋の歌だの、春の歌だの、それぞれ題を決めて、歌を戦わせる宴のことだ。

同じ題で、右、左、それぞれの歌人が詠んだ歌を、どちらの方が優れているか、判定をせねばならぬのが判者である。

この歌合わせでは、博雅も読み手として参加していたのだが、それを読み間違えてしまうという、失態を犯している。

「いやいや、まことに実直、生真面目なるお方で、南庭にお出になる時も、冠を被るということで有名じゃ」

博雅が言う。

実頼の邸は、烏丸小路の西、冷泉《れいぜい》小路の北にあって、広い。文徳天皇の皇子、惟喬《これたか》親王の邸宅であった屋敷である。

その南庭に出ると、稲荷山が見えるというので、南庭に出る時には常に冠を身につけた。

「それをお忘れになった時などは、袖で頭をお隠しになり邸内に駆けもどったと言われているな――」

二十年ほど前の、将門《まさかど》の乱のおり、追討の将軍であった藤原忠文《ただふみ》は、兵を率いて東国に向かっていたのだが、到着する前に乱は平定されてしまった。その報告を受けて、忠文は、京へ引き返してしまった。

この忠文に対する恩賞のことで、当時、大納言であった実頼と、その弟の権中納言《ごんのちゆうなごん》であった師輔《もろすけ》との間で、意見の違いがあったのである。

師輔は、

「罪の疑わしきは軽きに従い、賞の疑わしきは重きを見るべきだ」

と主張した。

ようするに、褒美をくれてやればよいではないかと言ったのである。

まことに情のある意見ではあったのだが、これに対して、兄の実頼は、

「疑はしきことをば行はざれ」

このように主張した。

恩賞など出さなくてよいという、この実頼の主張が通ったのは、しかたがない。大納言である実頼の方が、権中納言である師輔よりも、立場が上だったからだ。

とにもかくにも、実頼という人物、堅い。物事に対して真面目で融通がきかないことで世に知られていたのである。

博雅が、実頼に対して、〝まことに実直〟と口にしたのは、このような話をふまえてのことであった。

能子のことで、やり方をしくじると、ややこしいことになりかねない。

「で、蟬丸どのにうかがいたいのですが、いったいどのようなことから能子さまをお助けすればよいのか、何か見当はおつきになっておられますか」

晴明は訊いた。

「それが、わからないのです……」

蟬丸は言った。

嘘をついているようには思えない。

「能子さま、今年で御齢《おんとし》は——」

「六十を幾つか超えておられるかと……」

「なるほど……」

晴明はうなずき、

「しかし、それにしても、いったいどうして、能子さまは、蟬丸どののところへ、生き霊となってゆかれたのでしょう？」

「さあ、それは……」

蟬丸が、口ごもる。

「昔、御縁のあったお方なのですね」

「はい……」

蟬丸は、何か言いかけて、再び口ごもる。

「お口になさりたくないようなことであれば、無理には……」

晴明が言うと、蟬丸は覚悟を決めたように顔をあげ、

「こうして、晴明どのにおすがりするためにやってきておきながら、隠しごとばかりでは、あの方をお救いすることもかなわなくなってしまいますね。申しあげましょう」

一度、二度、うなずくように顎を引き、

「若き頃、ただ一度だけ、わりなき仲になったことがござりました……」

このように言った。

そこで沈黙があったのは、蟬丸の眼から、涙がこぼれ出してきたからであった。

蟬丸は、右手の指先で、涙をのごった。

蟬丸が、能子とわりなき仲になったこの頃、まだ眼は見えていた。

「お好きだったのですね……」

晴明が言うと、

「はい」

蟬丸がうなずき、

「今でも——」

そう言った。

そして——

「……このことは、これまで、ずっと、どなたにもお話し申し上げたことはなかったのですが、お話しいたしましょう」

蟬丸は言った。

「このことが、今度のことと関係があるかどうかはわかりませぬが、わたくしと能子さまは、ある秘事に関わったことがござりました……」

「秘事?」

「はい。二十九年前のことでござります……」

「かなり昔のことですね」

「ええ。そして、その秘事をとりおこなったのは……」

「どなたなのです?」

ここで、蟬丸は苦しそうに身をよじり、

「式部卿宮——敦実親王さまにござります……」

呻くように、そう言ったのである。

「その秘事とは?」

「蘇莫者を奏し、舞ったのでござります」

「蘇莫者を⁉」

声をあげたのは、博雅であった。

「蘇莫者と言えば、めったに奏されることのない曲。あれは、聖徳太子がお作りになった曲との話もありますが……」

「それが、そうではないと、あの方が申されるのです」

「そうではない？」

「では、誰が作った曲であると？」

「わかりません。わかりませんが、しかし、本朝ではなく、天竺で作られた曲であると、あの方が……」

「あの方とは、式部卿宮……」

「敦実親王さまでござります」

「なんと……」

博雅は、言葉もない。

「場所はどちらでしたか？」

「夜の化野《あだしの》でござりました」

「ほう……」

と、晴明がうなずく。

化野と言えば、北の蓮台野《れんだいの》、東の鳥辺野《とりべの》と並んで、西の化野として知られる、京の三大埋葬地である。

「このこと、たれにも他言するでないぞ――と、敦実親王さまからは、厳命されました。くれぐれも、くれぐれも、他言すまいぞ、と――」

「さきほどは、秘事と申されておりましたが――」

晴明が言う。

「ええ、秘事というか、実は秘儀のようなものを、敦実親王さまは、あの地でとりおこなったのではないかと……」

「何故、そのように思われるのですか――」

「常《つね》と違うことや、不思議なことが幾つかございました」

「それは――」

「まず、場所が化野ということでございます。そもそも蘇莫者とは、天地の神霊をこの現世《うつしよ》に召喚する舞にござります。それをあのような場所でとりおこのうたら……」

「おっしゃる通りです」

「そして、もうひとつ不思議であったのは、常の蘇莫者と、楽器の組み合わせが違うておりました……」

「どのように違っていたのです？」

「わたしは、父の琵琶にてこの舞を覚えたのですが、常の蘇莫者であれば、笛、太鼓、鞨鼓、笙、篳篥と、色々の楽器を使うのですが、その時は、尺八と箏、琵琶、この三種だけだったのです」

「で、舞人は——」

「この蟬丸が、務めました」

月明りと、ふたつの篝火《かがりび》があり、舞台などはなく、それぞれの奏者が草の上に座し、蟬丸はその足で大地を直接踏んで、舞った。

「で、そこで何があったのですか？」

「それが、わからないのです」

「わからない？」

「踊っている間に、だんだんと心が朦朧となって、気がついたら、蘇莫者が終っていたのです」

蟬丸が気がついた時、眼の前に、敦実親王がいた。

蟬丸は、座して自身の琵琶、無名を抱えており、その前に、笑みを浮かべた敦実親王が、座していたというのである。

他には誰もおらず、ふたりきりであったという。

「他の楽器を奏されていた方々は？」

蟬丸は、その時のことを思い出すように、見えぬ眼を宙にさまよわせ、

「皆、いなくなっておりました……」

低い声でつぶやいていた。

「ふうむ……」

と、何か考えているような晴明であったが、ふいに、何か思い出したように、蟬丸に問うた。

「その時の楽器ですが、尺八、箏、琵琶とおっしゃっていましたが、それぞれ、たれが吹いて、たれが弾いていたのですか？」

「尺八が敦実親王さま、箏が……」

と、蟬丸はいったん口ごもってから、

「能子さまにござります」

そう言った。

「能子さまが、箏を？」

「はい」

「で、琵琶は？」

「播磨法師と申されるお方でござりました」

「播磨法師？」

「ええ。たいそうな琵琶のお腕前で、さぞや名のあるお方かと思うたのですが、お顔を黒い布でお隠しになっていたので、どなたかはわかりませんでした……」

車も舎人たちも帰していたので、そこにいたのは、敦実親王、能子、播磨法師、蟬丸の四人きりで、蟬丸が意識をとりもどした時には、能子も播磨法師もいなくなっており、敦実親王とふたりきりであったというのは、すでに蟬丸が語っている。

「おい、晴明よ……」

声をかけてきたのは、博雅であった。

「おれには、何が何やらさっぱりわからぬが、おまえには何かわかっているのか？」

「いいや」

晴明は、首を小さく左右に振った。

「多少の見当はつくこともあるが、ことの真相ということであれば、まだ、何もわかってはいないも同じだ。この真相を知っているのは、唯一、敦実親王ただおひとりであろう。ただ……」

「ただ、何なのだ」

「敦実親王に問うても、何もおっしゃってはくださるまいよ」

「であろうな」

「敦実親王に語っていただくには、こちらも色々と知る必要がある。その上で能子さまのことを——いや、これは、そのような順を踏まえてゆくよりは……」

「どうすればよいのだ」

「はて、どのようにすればよかろうかなあ、博雅よ……」

晴明は、深い溜め息と共に、そうつぶやいたのであった。

巻ノ五　親王撩乱

一

「博雅よ、三日後の晩だが、あいているか」

晴明がそう言ったのは、半月後のことであった。

「あいてはいるが、いったいどうしたのだ」

博雅が問う。

「尺八を吹いてもらいたいのだ」

「それはかまわぬが、何を吹けというのだ」

「蘇莫者だ」

「もちろん、吹けるが、尺八だけか。他は……」

「箏の琴は、能子さま」

「むう……」

「そして、琵琶は、敦実親王さま……」

「なんだって？」

「舞人は、蟬丸どの。そして、場所は夜の化野ぞ――」

「いや、いやいや晴明よ、それはいったいどうなっているのだ。おれはかまわぬが、しかし、能子さま、敦実親王さまがおいでになるかどうか――」

「来るさ」

「何故わかる」

「これは、能子さまが望んだことだからな。で、敦実親王さまには呪《しゅ》をかけた」

「呪を？」

「藤原貞敏さまが唐より持ちかえった秘曲は、楊真操、流泉、啄木だけではございませぬ。箏の琴の秘曲〝離花《りか》〟というものがございますが、これをお知りになりたくはございませぬかとな」

「な……」

「知りたくば、三日後の晩、ただおひとりで化野までおこし下さいと伝えたら、ゆくと返事が来た」

「しかし、よ、夜だぞ」

「夜であろうと来る。あの方は音楽については鬼だからな。おまえだって、毎晩、逢坂山の蟬丸殿のもとへ、ひとりで通うたではないか――」

「それはそうだが、しかし、その離花という秘曲、本当にあるのか――」

「こういうことで、これまで、おれが嘘をついたことがあるか」

「ない」

「それは、敦実親王さまだって、わかっておられようさ。だから、来るのだ」

「しかし、なぜ、化野で、この顔ぶれなのだ――」

「先日のことについて、あちら、こちらと、おれにしては珍らしく足を運んであれこれ調べたのだがな、あれは、結局、御当人たちに訊ねるのがよかろうと思うたまでさ。よいか、博雅よ、三日後の晩、いったい何が起ころうとも、驚くなよ」

晴明は、そう言って、微笑したのであった。

二

果たして、三日後の晩、晴明が言ったとおりの顔ぶれが、化野に集まったのである。

森の中に、草地があり、そこに篝火が燃えていた。

歪《いびつ》な月が、天に輝いている。

敦実親王は、化野のその場所までやってきた時、そこに、博雅、能子、蝉丸の顔を見て、立ち止まった。

牛車で途中までやってきて、牛車を降り、供の者たちをそこに残し、月明りをたよりに、自らの足で歩いて、ここまでやってきたのである。

むうう……と唸って、敦実親王はそこで帰ろうとしたのだが、

「天下の秘曲、『離花』を聴きたくはないのですか」

晴明に言われ、歯を嚙んで、しばらく沈思した後——

「わかった」

うなずいて、そこに残ったのである。

そして、敦実親王は、すでに赤い裲襠《りょうとう》を身にまとってそこにいた蝉丸に向かって、

「まだ、舞えるのか、蝉丸よ」

そう問うた。

「子供の頃から舞い続けてきたものでござりますれば、たとえ、百歳となろうとも忘れることのあろうはずがありません。この舞なれば、いかに足腰が弱ろうと、たとえ眼が見えずとも、舞えぬということなどありませぬ……」

蝉丸は、静かな声で、そう答えたのである。

三

博雅の尺八が鳴り出した時——

化野の森が、一瞬にして静まりかえり、その後、樹々や、草、虫、花、岩までが、

「応《おう》」

と呼応したかのように、一斉にざわめいた。常《つね》であれば、次に尺八に合わせて太鼓が鳴り出すのだが、尺八の後に響いたのは、琵琶であった。

嫋《じょう》、
と、琵琶の絃《いと》が鳴る。

弾いているのは、敦実親王であった。

嫋、
嫋、
と、琵琶の音《ね》が、風を呼んだ。

その風に乗るようにして、森の中から月光の中へ姿を現わしたのは、蟬丸であった。

しかし、その姿が先ほどとは違っていた。

その手足には、青く黒い泥が塗られ、さっきは被っていなかった面《おもて》を被っていた。

面の色は、手足と同じように、青黒い。

面の様子はと言えば、目だまがころげおちそうなほど見開かれており、口はかっと開かれ、尖った歯が剝き出しになっている。その口から、顎が隠れるほど、赤い舌がでろりと垂れ下がっている。左手に持っているのは、桴《ばち》ではなく、黒い木の棒で、なんと、その先端には、どこで調達してきたのか、縄でくくられたされこうべがぶら下がっているではないか。

嫋嫋

と、琵琶が鳴る。

絃を鳴らしている敦実親王の顔は青ざめ、額には汗の玉がふつふつと浮かんでいるが、琵琶の音《ね》に乱れがないのはさすがであった。

ひょおおおお…………

と、音《おと》をたてて風が吹きはじめた。

博雅の尺八が、風に合わせてうねりはじめた。

篝火の薪がはぜて、無数の火の粉が天に舞ってゆく。

能子は、顔色も変えない。

舞人である蟬丸が動き始めるのと同時に、能子の箏が鳴りはじめた。

蟬丸の右膝があげられ、下ろされ――

蟬丸の足は、ほろほろとこぼれてくる箏の音《ね》を、ひとつずつ踏んで、その上に乗るように動く。

両手が上にあげられた時、森中の樹が、

ざわり、

と、同時に身を揺すった。

ざわざわ

ざわざわ

絶え間なく、森の梢が揺れ続け、風が騒いだ。

何か、得体の知れぬことがおこっている。

夜の闇が、ほのかに発光しはじめていた。

舞が、半ばを過ぎた頃、ふいに風が止み、樹々が身を揺するのをやめた。

舞人——蟬丸がその動きを止《と》めていた。

同時に、博雅の尺八が止《や》み、能子の箏が止まり、撥を動かしていた敦実親王の手が止まっていた。

「晴明、これは、何のまねじゃ……」

敦実親王が身悶えするような声で言った。

「覚真さま」

晴明は、敦実親王の現在の名を呼んだ。

「あなたさまが、二十九年前、ここでなさった蘇莫者は、これだったのですね」

晴明が、優しい声で言った。

むううむ……

むむむん……

誰かが、低く唸った。

たれか？

その声を発したのは、蟬丸だった。蟬丸の被った面の下から、その声は聴こえてくる。

蟬丸の口が動くのが見えないので、すぐには、誰がその声を出しているのかわからなかったのだ。

蟬丸が、面を取った。

首を回して、見えぬ眼を敦実親王に向け、

「また、おまえか——」

そう言った。

姿は蟬丸だが、声は蟬丸ではなかった。

「二十九年前、あの時は、流泉、啄木、楊真操を教えた。こたびは、何が望みじゃ
……」

「離花を……」

言ったのは、敦実親王ではなく、晴明であった。

「離花？　それは、枝から離れる花びらを曲にしたものだが、その裏の意味するところは、人の魂をあの世へ送るもの……」

「承知しております。貞敏さま」

「わが名を知るか」

「はい」

「では、全てを承知ということじゃな」

「全てではございませぬ」

晴明はそう言って、能子を見やった。

「あそこにおわすのが、実は箏鈴《そうりん》さまであるとは承知しているのですが……」

晴明は、能子のことを箏鈴と呼んだ。箏鈴というのは、貞敏の妻の名である。

それを耳にして、博雅は一瞬何かを言いかけたのだが、口を開いただけで、言葉を発しはしなかった。

「箏鈴さまをおかえしいたします……」

晴明は言った。

「ぜひ、ここで、箏鈴さまに、離花を――」

蟬丸が、眼を開いていた。

蟬丸の中にいる何ものかが、その目を能子に向けている。

何者かは、二度、三度、蟬丸の顎を引いてうなずき、

「そういうわけじゃ、箏鈴よ、離花を。わしも久しぶりにおまえの離花を聴きとうなったわい。自ら弾いて、かえってくるがよい。それがぬしがためじゃ……」

静かにそう言った。

「あい」

箏鈴と呼ばれた能子が答えた。

そして、弾きはじめた。

ろん、
ろん、
と、箏が鳴る。

りん、
りん、
と、絃が震える。

音は、それを耳にする者の身体に染み通り、聴く者の魂のあるところまでおりてゆき、その魂を、音の掌《たなごころ》で包む。

そして、その掌によって魂が運ばれてゆく。

弾いている能子の眼から、涙がこぼれている。

と——

弾いている能子の身体の中から、何かが脱け出すように立ちあがった。

それは、唐衣《からごろも》を着た、美しい女性であった。

能子の手が止まり、箏の音がやんだ。

その女性は、草を踏みながら、しずしずと蟬丸の方へ歩いてゆく。

すると、蟬丸の身体の中からも、幽《かす》かに人の姿をした光るものが、月光の中に歩み出てきた。

男の姿をしている。

藤原貞敏だろう。

自分に向かって歩いてくる、女性に、その光るもの——貞敏が、手を差しのべる。

歩み寄ってきた女性が、その手を握る。

ふたりの身体が、宙に浮き上がる。

ふたりが、月光の中を、ゆるゆると天へ昇ってゆく。

貞敏が上から見おろして、

「礼を言うぞ……」

そうつぶやいた。

昇ってゆくうちに、ふたりの姿は月光の中に溶け、やがて、見えなくなった。

いつの間にか、蝉丸と能子が、地に倒れ伏していた。

意識を持っているのは、博雅と晴明と、敦実親王だけであった。

「お、おい、晴明……」

やっと、博雅が言った。

「心配いらぬ。おふたりとも、やがて気づくだろうよ」

「いったい、今、何があったのだ」

「藤原貞敏どのが、能子さまに憑《とりつ》いていた、妻の箏鈴どのをむかえにこられたのだよ
——」

「なんだって？」

「まあいいさ。あとで、ゆるりと説明をするさ。酒でも飲みながらな——」

「う、うむ」

うなずきながら、博雅は、倒れている能子に歩み寄り、

「しかし、今の曲は、凄かった。魂が持ってゆかれるかと思うたぞ」

箏と、能子を見下ろしながら、つぶやいた。

「博雅よ、むりに能子さまを起こすなよ。自然に目覚めさせればよい」

「わかっている……」

博雅は、しゃがんで、指で、箏の絃に触れ、

「こんな風であったかな……」

つぶやいて、ほろほろと指でつまびきはじめた。

それは、まごうかたなく、今しがた、能子である箏鈴が弾いていたのと同じ曲であった。

そこへ——

「ううぬ、ううぬ……」

獣の唸るような声が聴こえてきた。

「おのれ、おのれ、おのれ、博雅よ。ぬしは、この曲もまた、ただ一度聴いただけで覚えてしまったというのか——」

敦実親王であった。

「はい、自然に——」

博雅が答える。

敦実親王が、立ちあがって博雅を凄まじい眼で睨んでいる。

「おまえ、このわしが、流泉、啄木を弾けるようになるため、何度、それを弾いたかわかるか。何年も、来る日も来る日も弾き続けた。指から血が流れ、皮が破れても、なお弾いた。どれほど稽古をしても、わからず、弾けず、ついには、この蘇莫者の秘儀を使

って、亡き藤原貞敏をここへ呼びいだし、蟬丸に憑かせ、何度も弾かせて、ようやっと覚えたのじゃ。それを、それをうぬは、ただ一度、たった一度、蟬丸が弾くのを耳にしただけで、覚えてしまったというのか。先日も、玄象のことで、帝の前で、このおれに恥をかかせた」

敦実親王の眼が、吊りあがっている。

「いえ、恥など、わたくしは……」

博雅には、敦実親王が、何を怒っているのかわかっていないらしい。

「まだ言うか。おれが、音楽のことでは、どれほどの血の滲むような修行をしてきたか、ぬしらにはわかるまい」

「ぬ、ぬしら？」

「ぬしと、蟬丸じゃ。奴は、自分に貞敏が憑《のりうつ》って、おれに流泉、啄木を教えたことなど、気がついておらぬ。なのに、おれが、流泉、啄木を稽古しているのを庭先で聴き、それで、あっという間に、このふたつの曲を覚えてしもうたのじゃ。おまけに、蟬丸は、このおれの女、能子とまでねんごろになった。だから、だから、わしは、蟬丸の眼を潰し、逢坂山にこもらせたのじゃ!!」

凄まじい形相で、敦実親王は叫んでいる。

「いかん、博雅、離れろ……」

晴明が叫んだ時——

めりっ、

と、音がした。

敦実親王の額から、めりめりと肉を割って一本の角が突き出てきた。

その角の根本から、血が流れ出し、眼を伝い、口と舌を赤く染めた。

さっきまで、蟬丸が被っていた、蘇莫者の面そのものであった。

毛のなかった頭部に、

ざっ、

と、いっきに毛が生えて、それが逆立った。

「おのれ、博雅。先夜も、ぬしを殺してやろうと、人を放ったに、きさまは、笛を吹いているだけで、きさまは笛をふいているだけで……」

首を左右に振る。ざん、ざん、と、長い髪が、敦実親王の首にからみつく。

血の涙を流している。

敦実親王が、鬼と化していた。

「退がれ、博雅。ここは、おれがなんとかする」

晴明が言った時、敦実親王の背後から、抱きついてきたものがあった。

「敦実親王さま、敦実親王さま、出てゆきました。あの女が出てゆきましたよ。わたくしが、わたくしこそが能子でござります」

さっきまで倒れていた、能子であった。

「これまで、どれほど淋しゅうござりましたことか。どれほど、泣きましたことか。さ さ、今こそ、このわたくしを存分に抱いてくだされませ。これまでの千日、万日の夜離《よが》れを埋めあわせてくだされませ」

能子の、夏重ねの衣《きぬ》の前が左右に分かれて、はだけていた。

そこから、乳房が見えていた。

能子は、その乳房を自らの手でつかみ出し、

「さあ、これを吸うてくだされませ。嚙んでくだされませ。昔のように、存分に、さあ、さあ――」

敦実親王の口元へ、もってゆこうとする。

言っている能子の額の左右から、血と肉がからんだ角が生え出てきた。

みちみち、

めきっ、

と、角が、額の骨を割って伸びてくる。

その髪が、蛇へと変化してゆく。

ぬうっ、

ぬうっ、

と、能子の上顎から、ねじくれた牙が生えてきた。

背後から、能子は、敦実親王の首を抱え、後ろをふりむかせ、その唇に吸いついた。

「晴明、どうするのじゃ。このおふたりをなんとかできぬのか――」

「無理じゃ。おれにもできぬことはあるのだ。おふたりが、人にもどることを望まぬ限り――いや、これこそが、人というものの本然《ほんねん》なのかもしれぬ」

「まさか、何ということを言うのだ、晴明よ。これこそが人の本然であってたまるものか」

博雅が、涙声になっている。

その時――

「晴明よ、手こずっているようじゃな」

声がした。

そこに、蘆屋《あしや》道満《どうまん》が立っていた。

「遅れましたな、道満どの」

晴明が言う。

「許せ。わざと遅れて、見物させてもろうたのじゃ――」

「道満どの、どうしてここに？」

博雅が問う。

「博雅よ、この道満どのこそ、こたびのことの大本じゃ」

「なんだって？」

「敦実親王は、三十九年前、蟬丸どのが仁和寺で蘇莫者を舞った時に、この曲の正体に気づかれたのだ。この秘事を求めていた敦実親王を、二十九年前、播磨法師の名でそそのかしたは、道満どのぞ」

「違うぞ、晴明。皆、その男が望んだことぞ。おれは、その方法を教えてやっただけじゃ。人の魂を召喚する、蘇莫者の真の正体をな」

道満が言う。

「真の正体とは何だ、晴明」

博雅が、救いを求めるように晴明を見た。

「天竺の神だ。そもそもの名は、カーリー、あるいは、シュヤーマクシャと呼ばれる死の神で、それが唐に渡って蘇莫者となって、藤原貞敏どのが、我が国へ持ってきた神《もの》なのだ」

「な、なに？」

「さっき、能子どのが弾いた箏は、貞敏どのが、唐から連れてきた妻の箏鈴どのの持ちものでな、それが、箏鈴どの亡きあと、持ち主がかわって、能子どのの持ちものとなったのだ。それを知って、敦実親王は、能子どのに近づき、蘇莫者を奏するのに利用したのだ。そして、蘇莫者のことがすんで、近づかなくなったということなのだ」

「なんだって」

「さっき、敦実親王が弾いていた琵琶、あれは、無名という蟬丸どのの琵琶だが、もとの名は、獅子丸といって貞敏どのが唐から持ってきたものぞ」

「それは、つまり……」

「貞敏どのの、ふたりいた息子のうち、良春という方が、都を出て、近江で見初めて一緒に暮らすようになった女が風音というお方じゃ。蟬丸どのは、良春と風音どのとの間に生まれたお子じゃ──」

「では、その良春どのが──」

「蟬丸どのの父、名を変えた長秋どのの正体ということなのだ」

「ああ、もうよい、晴明よ。それよりも、このおふたりを、どうすればよいのか、そっちの方が先じゃ──」

今、三人の前で、能子と敦実親王は、互いの身体に、激しく嚙みつきあっている。

能子の髪は、蛇と化し、敦実親王の髪とからみあい、もつれあっている。

「おう、おう、美しいのう。よき景色じゃ……」

道満が、ふたりが、月光の中で互いの肌に歯をたてあっている姿を、嬉しそうに眺めている。

「見よ、晴明、ふたりともなんとも楽しそうに睦《むつ》びおうているではないか――」

「道満どの。そもそものことで言えば、二十九年前、あなたさまが、能子さまに憑いた箏鈴どのの霊《すだま》を、おくってやらなかったためにこうなってしまったのですよ」

「何を言うか、晴明よ。あの時、能子が弾いていた箏が箏鈴のものなれば、貞敏と一緒にあの世から蘇り、弾いていた能子に憑くのはあたりまえのことじゃ。それにな、あの時、この女に憑いた箏鈴の霊をはろうていたら、その時こうなっていたのだ。能子の心の裡《うち》に棲む鬼を押さえていたのは、箏鈴の霊ぞ。それで、うまくおさまっていたのじゃ。それが、ぬしらが玄象を羅城門でとりもどしたことがきっかけで、それを知った能子が、二十九年前のことを思い出してしもうたのじゃ。それで、蝉丸のところへ、生き霊となってあらわれ、こうなること――つまり、箏鈴の霊をはらわせるため、こたびのことをたくらんだのさ。その通りになったではないか、晴明。あの女も、この男も、こうしたくてこうしたくてたまらなかったのさ。邪魔するでない。好きにさせてやれ――」

「もう、充分に、御見物なされたでしょう」

「不満なら、晴明よ、ぬしが好きにすればよいではないか――」

道満が言った時、

「むぅーん……」

低い声をあげて、蟬丸が蘇生した。

蟬丸は、上体を起こし、そして、月光の中で、激しく睦びあっているふたりの方へ顔を向けた。

見えぬ眼が、そこで何が起こっているのかを、凝っとさぐっているようであった。

「能子さま、敦実親王さま……」

「蟬丸どの、気づかれましたか」

晴明が言う。

「晴明どの、これは⁉」

「考えていた通りのことがおこってしまいました。かねて申しあげておいた通りのこと、できましょうか——」

「はい」

「逆舞《さかまい》を——」

晴明が言う。

「承知……」

蟬丸が、立ち上がる。

「博雅、葉二を——」

「おう」

と応えて、博雅が、懐から葉二を取り出した。

「逆笛《さかぶえ》じゃ」

晴明が言うと、博雅が、葉二を唇にあてた。

蛍が、闇の中に飛んでゆくように、葉二から、光の糸を引いて、月光の中に音《おと》が滑り出てきた。

同時に、蟬丸が踊りはじめた。

不思議な舞であった。

前にゆくところを、退がるような動き。

跳ぶところを、腰を落とすような動き。

「蘇莫者の、逆舞か……」

道満がつぶやく。

逆舞——本来の舞の動きとは、逆に動く舞のことである。蟬丸は蘇莫者を逆に舞っているのであった。

「考えたな、晴明よ」

道満が笑みをこぼす。

そして、博雅の笛は、蘇莫者を逆に奏する逆笛であった。

「おもしろいぞ、晴明」

蟬丸は、ゆるゆると舞いながら、敦実親王と能子の間に割って入ってゆき、ふたりによりそうように動きはじめた。

すると――

いつの間にか、独自に動いていたはずの、敦実親王と能子の身体が逆に蟬丸の動きに合わせるようになっていったのである。

博雅の、笛が響く。

そして、いつか、蟬丸、能子、敦実親王は、三人でもつれ合うように、慈しみ合うように、いたわり合うように、混然となって舞っていたのである。

敦実親王の逆毛が、抜け落ちてゆく。

能子の髪が、蛇から普通の髪へともどってゆく。

そして、いつか、三人は、その場で抱きあうように舞っていたのである。

笛がやみ、舞が終った時、そこに、人の姿にもどった敦実親王と能子が、蟬丸に抱えられ、涙を流しながら立っていたのである。

三人に、静かに夜の風が吹きつけている。

「夢を、見ていたようじゃ……」

敦実親王がつぶやいた。

「長い、夢を……」

四

庭の草叢《くさむら》で鳴いているのは、すでに秋の虫であった。

夜——

晴明と博雅は、簀子の上で、ほろほろと酒を飲んでいる。

「しかし、晴明よ、昨夜のあれは、凄まじかったなあ……」

「うむ」

と、晴明はうなずきながら、酒の入った杯を口へ運ぶ。

「敦実親王は、三十九年前、蟬丸どのが仁和寺で蘇莫者を舞った時、この曲の正体に気づかれたのさ。それを、そそのかしたのが、播磨法師——つまり道満どのというわけだな」

「ふうん」

「貞敏どのの妻、箏鈴どのが使うておられた箏を、当時持っていたのが能子さまでな、それで、敦実親王は……」

「能子さまに近づき、用がすんだので、通わなくなったというわけか」

「まあ、そうだ」

「蟬丸どのは……」

「敦実親王が通わなくなって、心淋しかった能子さまが、ただ一度、蟬丸どのと一夜を共にされた。蟬丸どのも、能子さまのことを好いておられたのでな。これにはもう、良きも悪しきもない。能子さまに憑いていた箏鈴さまも、これは許されたということだな」

「ふうん……」

「たとえ、通わなくなったお女《かた》であれ、自分の雑色であった者とわりない仲になったとあれば、しかも、それが自分より楽の才に秀でた方であったればこそ、敦実親王も鬼となられたのであろう」

「それで、蟬丸どのの眼を――」

「それにしても、文芸であれ、音楽であれ、どのみちも、つきつめてゆくと、人はいずれかで鬼に出会わずにはおかぬものなのだが……」

「それが、どうした？」

「博雅よ、おまえは特別じゃ」

「特別？」

「おまえは、音楽のことでは、鬼にはならぬということさ」

「どういうことだ」

「おまえは、よい漢《おとこ》だということさ」

「おい、晴明、それは、おれのことを——」

「からかってなどいない。心からそう思うているということさ。おい、博雅よ」

「なんだ」

「笛を聴かせてくれ……」

晴明の言葉に、

「お、おう……」

と答えて、博雅は懐から葉二を取り出した。

博雅が、葉二に唇をあてる。

静かに、静かに、笛の音が囁くように滑り出てきた。

その音《ね》は、夜の秋の気配に溶けて、月まで届いてゆくようであった。

あとがき

『白鯨』のこと

一

おれはねえ、愛されたと思うよ。
たぶんね。
いや、絶対に。
その自信はあるよ。
物語りにね。
物語に愛されたと思う。
だけど、これは、おれが先だったと思う。
おれが先に、あっちを見つけたんだ。
それで、こんなおれになっちゃった。

いや、違うか。

おれが見つけた時には、もう、むこうがおれを見つけてたのか。

「深淵を覗《のぞ》く時、深淵もまたこちらを覗いているのだ」

って、ニーチェも言ってるしな。

おれは、それで夢中になって、そのまんま物語の使わしめだよ。

今もそうだ。

その自覚はある。

おれの心も肉体も、供物として物語の神に捧げられた贄《にえ》でいい。

なんでこんな文体なのかというと、「オール讀物」に連載中の「仰天・俳句噺」のゲラのなおしをやり終えたばかりだからだ。そのノリが、まだ、手と脳に残っているのである。

そういう意味で言うと、ここはどうしても『白鯨 MOBY-DICK』について書いておかねばならないノリになってきてしまったのだ。他社の本で、まことに恐縮ながら、物語のことを強く強く意識した作品であり、ここでそのことについてしみじみと書いておきたいことができてしまったのである。

『白鯨』、ハーマン・メルヴィルの名作で、自分の片足を食べたモービィ・ディックという白い鯨を、復讐《ふくしゅう》のためエイハブ船長がただひたすら追いつめてゆく物語である。この船——ピークォッド号に乗ることになったのが、漂流中に助けられた日本人ジョン万次郎という設定の話だ。

これって、よくよく考えてみたら、異世界転生ものじゃないか、ということに気がついてしまったのである。

しかし、万次郎が、文芸上の物語世界である異世界に入ってゆくやり方は、もちろんこのおれがやる以上、二トントラックとの衝突でもなければ、どこかの穴に落っこちたからというものでもない。事故で爆発に巻き込まれ、気がついたら異世界へ、というやり方でもない。

そのようなやり方が、いいだの、悪いだのとは、おれはここでは言わない。それは書き手がそれぞれの判断で決めるべきことだからだ。

でも、おれは違うよ。おれがやればこうなるんだよという、そういう声が聴こえてきそうなくらい、そのあたりのことは、じっくりしつこく書き込んである物語なのだねえ、これが。

それは、たぶん、作家としてのおれの背骨の何割かが、確実にSFというものでできあがっているからだろうと思う。

この物語で、何度も何度も問いかけたのは、物語りのことである。

物語りに終りがあっていいのか。

否。

物語りは永遠に終らない、そういうものでいいのではないかと、常に常に、この背骨に問いかけ続けながら書いてきたのである。

ただ、職業作家の矜恃として、適当なところで終らせるわけにはいかない。そこにどう決着をつけてゆくかという問には、おれはこの『白鯨』で解を見つけたと思うのである。

それを書いておきたかったのだ。

二

で、『陰陽師』のことだ。

今回は、ふたつの作品について、書いておきたい。

それは——

「蘇莫者《そまくしゃ》」と「秘帖・陰陽師　赤死病の仮面」についてだ。

「蘇莫者」については、尺八奏者の三橋貴風さんに依頼されて書いたものだ。三橋さんが、デーモン閣下と毎年やっている舞台、「邦楽維新 Collaboration」のために書き下ろしをしたのである。これは、昨年（二〇二〇）の九月に朗読劇として上演された。

何故そういうことになったのかというと、その一年半前に、このイベントで、ぼくの

『陰陽師』の短編を「邦楽維新」の舞台で読んでいただいて、それが、たいへんに楽しくておもしろかったので、

「次は書き下ろしでやりましょう」

と、うっかりあげられた舞台で叫んでしまったからである。

この「蘇莫者」のアイデアは、三橋さんから提案されたもので、資料などをいただいて読んでみたら、これがおもしろくて、悦んで書かせてもらったものである。

もうひとつ、「秘帖・陰陽師　赤死病の仮面」は、本来の『陰陽師』シリーズとは別もので、晴明も博雅も出てこない。エドガー・アラン・ポーの短編『赤き死の仮面』に材をとったものだ。

本来は、『陰陽師』の連載枠——晴明、博雅でゆくつもりでいたのだが、考えているうちに、これは少し違うなという結論にいたり、このようなかたちになったものだ。

そういういきさつがあったので、本書の中に収録していただくことになった。本書中の作品が、全て、晴明・博雅もの、時々道満というつもりでお求めになった方がいらっしゃったら、ごめんなさい。どうもすみませんということを、お伝えしておきたくて、ここにいきさつを書いておくことにいたしました。

しかしながら、「赤死病の仮面」、なかなかのものになっていると思いますので、ぜひぜひ、読んでいただければ、作者としても嬉しく思います。

三

で、『陰陽師』のことをもうひとつ。

実はKADOKAWAで、『陰陽師　瀧夜叉姫』を漫画化していただいているのだが、これがなんだか凄いことになっているのである。描いているのは、何度も一緒に仕事をしている漫画家の伊藤勢さん。タイトルは『瀧夜叉姫　陰陽師絵草子』。もう一巻出ていて、二巻目が本書『陰陽師　水龍ノ巻』と同時発売。

絵がいいんだねえ。一巻目、俵藤太が、勢多の大橋で大蛇と出会うシーン、この絵を見てごらんなせえ。溜め息が出るよ。こうでなくちゃあいけません。

画力というか、絵の持つ力が凄まじい。

ぼくの『陰陽師』をきちんと踏襲しながら、さらに向こうの地平まで運ぼうとしている。

これまでの陰陽師とは違う風景が見える場所まで、ぼくらをさらってゆく。でも『陰陽師』をはずさない。コラボってのは、まさにこうでなくちゃあいけません。

四

なんだか、いつの間にか、夏が来てしまったという感じですね。

コロナや、なんやかやで、ガラスのこちら側から、向こう側にある夏を、今もって眺めているような感じですね。
早いとこなんとかなって、美しい清流で、入道雲の下、おもいきり鮎釣りをしてみたいものですね。
もう、鮎が解禁になったというのに、鮎の川は、まだどこか遠い遥かな夢の国のようです。
実は、解禁日の六月一日、地元の川に、一時間半ほど、ハラをくって毛バリ釣りで竿を出してきたのですが、二尾でした。

鮎二尾で川面暮れゆく解禁日

おそまつ。

二〇二一年六月十日　小田原にて――

夢枕　獏

夢枕獏公式blog「酔魚亭」アドレスhttp://www.yumemakurabaku.com/

初出掲載

麩枕　オール讀物　二〇一八年　七月号

野幢游光　オール讀物　二〇一九年　一月号

いそざき　オール讀物　二〇一九年　三・四月合併号

読人しらず　オール讀物　二〇一九年　五月号

腐草蛍と為る　オール讀物　二〇一九年　七月号

跳ねる勁敵踊る針　オール讀物　二〇二〇年　三・四月合併号

秘帖・陰陽師　赤死病の仮面〈前編〉　オール讀物　二〇二〇年　九・十月合併号

〈後編〉　オール讀物　二〇二〇年　十一月号

蘇莫者　オール讀物　二〇二一年　一月号

単行本　二〇二一年八月　文藝春秋刊

文春文庫

陰陽師《おんみようじ》　水龍《すいりゆう》ノ巻《まき》

定価はカバーに
表示してあります

2023年6月10日　第1刷

著　者　夢枕《ゆめまくら》獏《ばく》
発行者　大沼貴之
発行所　株式会社　文藝春秋

東京都千代田区紀尾井町 3-23　〒102-8008
TEL　03・3265・1211㈹
文藝春秋ホームページ　http://www.bunshun.co.jp

落丁、乱丁本は、お手数ですが小社製作部宛お送り下さい。送料小社負担でお取替致します。

印刷・凸版印刷　製本・加藤製本

Printed in Japan
ISBN978-4-16-792050-0

文春文庫　夢枕獏の本

夢枕　獏
陰陽師《おんみょうじ》　瀧夜叉姫《たきやしゃひめ》（上下）
次々と平安の都で起きる怪事件。それらは、やがて都を滅ぼす恐ろしい陰謀へと繋がって行く……。事件の裏に見え隠れする将門との浅からぬ因縁。その背後に蠢《うごめ》く邪悪な男の正体とは？

ゆ-2-17

夢枕　獏
陰陽師《おんみょうじ》　夜光杯《やこうはい》ノ巻
博雅の名笛「葉二《はふたつ》」が消えた。かわりに落ちていたのは、黄金の粒。はたして「葉二」はどこへ？　晴明と博雅が平安の都の怪事件を解決する〝陰陽師〟。「月琴姫」ほか九篇を収録。

ゆ-2-20

夢枕　獏
陰陽師《おんみょうじ》　天鼓《てんこ》ノ巻
盲目の琵琶法師・蟬丸にとり憑いた美しくも怖ろしい女の正体とは？　女を哀れむ蟬丸が、晴明と博雅を前にその哀しい過去を語りだす――。「逆髪の女」他、全八篇を収録。

ゆ-2-24

夢枕　獏
陰陽師《おんみょうじ》　醍醐《だいご》ノ巻
都のあちらこちらに現れては伽羅の匂いを残して消える不思議の女がいた。果して女の正体は？　晴明と博雅が怪事件を解決する〝陰陽師〟。「はるかなるもろこしまでも」他、全九篇。

ゆ-2-25

夢枕　獏
陰陽師《おんみょうじ》　酔月《すいげつ》ノ巻
我が子を食べようとする母、己れの詩才を恃むあまり虎になった男。都の怪異を鎮めるべく今日も安倍晴明がゆく。四季の花鳥風月の描写が日本人の琴線に触れる大人気シリーズ。

ゆ-2-27

夢枕　獏
陰陽師《おんみょうじ》　蒼猴《そうこう》ノ巻
神々の逢瀬に歯嚙みする猿、秋に桜を咲かせる木、蝶に変わる財物――京の不思議がつぎつぎに晴明と博雅をおとなう大人気シリーズは、いよいよ冴え渡る美しさ、面白さ。

ゆ-2-30

夢枕　獏
陰陽師《おんみょうじ》　螢火《ほたるび》ノ巻
今回は、シリーズを通してサブキャラ人気ナンバーワンで、晴明の好敵手にして、いつも酒をこよなく愛する法師陰陽師・蘆屋道満の人間味溢れる意外な活躍が目立つ、第十四弾。

ゆ-2-33

（　）内は解説者。品切の節はご容赦下さい。

夢枕　獏
陰陽師《おんみょうじ》　玉兎《ぎょくと》ノ巻

木犀の香が漂う夜、晴明と博雅、蟬丸が酒を飲んでいると天から斧が降ってきて——陰陽師安倍晴明と源博雅の活躍を描く人気シリーズ第十五弾。もちろんあの蘆屋道満も登場します。

ゆ-2-35

夢枕　獏
陰陽師《おんみょうじ》　女蛇《めのへび》ノ巻

坂上彦麻呂は怖ろしげな美女から手に嚙みつかれる夢を見、目覚めると赤い傷が。蘆屋道満が活躍する「にぎにぎ少納言」、露子姫登場の「塔」、人気キャラ揃い踏みのシリーズ第十六巻。

ゆ-2-36

夢枕　獏
村上　豊　絵
陰陽師《おんみょうじ》　瘤取《こぶと》り晴明

都で名を馳せる薬師、平大成《たいらのおおなり》・中成《なかなり》兄弟。その二人に鬼たちが取り憑いた。解決に乗り出した晴明と博雅。百鬼夜行の宴に臨む二人の運命は？　村上豊画伯と初めてのコラボレーション。

ゆ-2-16

夢枕　獏
村上　豊　絵
陰陽師《おんみょうじ》　首

美しい姫・青音は、求婚した二人の貴族に、近くの首塚へ行き、石を持って帰ってきたものと寄り添うと言い渡すが……。村上豊の手で蘇る「陰陽師」シリーズ、好評の絵物語第二弾。

ゆ-2-19

夢枕　獏
陰陽師《おんみょうじ》　平成講釈　安倍晴明伝

安倍仲麿の子孫、安倍晴明尾花丸。帝の御悩平癒を願い、陰陽頭・蘆屋道満と問答対決、妖狐も絡んでの呪法合戦を繰り広げる。平成の講釈師・夢枕獏秀斎の語りの技が炸裂。　（山口琢也）

ゆ-2-28

夢枕　獏
おにのさうし

真済聖人、紀長谷雄、小野篁。高潔な人物たちの美しくも哀しい愛欲の地獄絵。魑魅魍魎が跋扈する平安の都を舞台に鬼と女人と恋する男を描く、「陰陽師」の姉妹篇ともいうべき奇譚集。

ゆ-2-26

浅田次郎
月のしずく
きつい労働と酒にあけくれる男の日常に舞い込んだ美しい女。出会うはずのない二人が出会う時、癒しのドラマが始まる——表題作ほか「銀色の雨」「ピエタ」など全七篇収録。（三浦哲郎）
あ-39-1

浅田次郎
姫椿
飼い猫に死なれたOL、死に場所を探す社長、若い頃別れた恋人への思いを秘めた男、妻に先立たれ競馬場に通う助教授……。凍てついた心にぬくもりが舞い降りる全八篇。（金子成人）
あ-39-4

浅田次郎
獅子吼《ししく》
戦争・高度成長・大学紛争——いつの時代、どう生きても、過酷な運命は降りかかる。激しい感情を抑え進む、名も無き人々の姿を描きだした、華も涙もある王道の短編集。（吉川晃司）
あ-39-19

あさのあつこ
透き通った風が吹いて
野球部を引退した高三の渓哉は将来が思い描けず焦燥感にさいなまれている。ある日道に迷う里香という女性と出会うが……書き下ろし短篇「もう一つの風」を収録した直球青春小説。
あ-43-20

あさのあつこ
I love letter《アイラブレター》
文通会社で働き始めた元引きこもりの岳彦に届くのは、ワケありの手紙ばかり。いつしか自分の言葉を便箋に連ね、手紙で難事に向き合っていく。温かくて切なく、少し怖い六つの物語。
あ-43-21

有栖川有栖
火村英生に捧げる犯罪
臨床犯罪学者・火村英生のもとに送られてきた犯罪予告めいたファックス。術策の小さな綻びから犯罪が露呈する表題作他、哀切でエレガントな珠玉の作品が並ぶ人気シリーズ。（柄刀　一）
あ-59-1

有栖川有栖
菩提樹荘の殺人
少年犯罪、お笑い芸人の野望、学生時代の火村英生の名推理、アンチエイジングのカリスマの怪事件とアリスの悲恋。「若さ」をモチーフにした人気シリーズ作品集。（円堂都司昭）
あ-59-2

有川　浩
三匹のおっさん
還暦くらいでジジイの箱に蹴りこまれてたまるか！　武闘派2名と頭脳派1名のかつての悪ガキが自警団を結成、ご近所に潜む悪を斬る！　痛快活劇シリーズ始動！（児玉　清・中江有里）
あ-60-1

青山文平
遠縁の女
追い立てられるように国元を出、五年の武者修行から国に戻った男が直面した驚愕の現実と、幼馴染の女の仕掛けてきた罠。直木賞受賞作に続く、男女が織り成す鮮やかな武家の世界。
あ-64-4

青山文平
跳ぶ男
弱小藩お抱えの十五歳の能役者が、藩主の身代わりとして江戸城に送り込まれる。命がけで舞う少年の壮絶な決意とは。謎と美が満ちる唯一無二の武家小説。（川出正樹）
あ-64-5

阿部智里
烏《からす》に単《ひとえ》は似合わない
八咫烏の一族が支配する世界「山内」。世継ぎの后選びを巡る有力貴族の姫君たちの争いに絡み様々な事件が……。史上最年少松本清張賞受賞作となった和製ファンタジー。（東　えりか）
あ-65-1

阿部智里
烏《からす》は主《あるじ》を選ばない
優秀な兄宮を退け日嗣の御子の座に就いた若宮に仕えることになった雪哉。だが周囲は敵だらけ、若宮の命を狙う輩も次々に現れる。彼らは朝廷権力闘争に勝てるのか？（大矢博子）
あ-65-2

朝井リョウ
武道館
【正しい選択】なんて、この世にない。「武道館ライブ」という合言葉のもとに活動する少女たちが最終的に〝自分の頭で〟選んだ道とは――。大きな夢に向かう姿を描く。（つんく♂）
あ-68-2

朝井リョウ
ままならないから私とあなた
平凡だが心優しい雪子の友人、薫は天才少女と呼ばれる。成長に従い、二人の価値観は次第に離れていき、決定的な対立が訪れるが……。一章分加筆の表題作ほか一篇収録。（小出祐介）
あ-68-3

安東能明
夜の署長
新米刑事の野上は、日本一のマンモス警察署・新宿署に配属される。そこには〝夜の署長〟の異名を持つベテラン刑事・下妻がいた。警察小説のニューヒーロー登場。（村上貴史）
あ-74-1

安東能明
夜の署長2　密売者
夜間犯罪発生率日本一の新宿署で〝夜の署長〟の異名を取り、高い捜査能力を持つベテラン刑事・下妻。新人の沙月は新宿で起きる四つの事件で指揮下に入り、やがて彼の凄みを知る。
あ-74-2

明石家さんま　原作
Ｊｉｍｍｙ
一九八〇年代の大阪。幼い頃から失敗ばかりの大西秀明は、高校卒業後なんば花月の舞台進行見習いに。人気絶頂の明石家さんまに出会い、孤独や劣等感を抱きながら芸人として成長していく。
あ-75-1

浅葉なつ
どうかこの声が、あなたに届きますように
地下アイドル時代、心身に傷を負った20歳の奈々子がラジオアシスタントに。「伝説の十秒回」と呼ばれる神回を経て成長する彼女と、切実な日々を生きるリスナーの交流を描く感動作。
あ-77-1

浅葉なつ
神と王　亡国の書
弓可留国が滅亡した日、王太子から宝珠「弓の心臓」を託された慈空。片刃の剣を持つ風天、謎の生物を飼う日樹らと交わり、命がけで敵国へ――新たな神話ファンタジーの誕生！
あ-77-2

天祢　涼
希望が死んだ夜に
14歳の少女が同級生殺害容疑で緊急逮捕された。少女は犯行を認めたが動機を全く語らない。彼女は何を隠しているのか？　捜査を進めると意外な真実が明らかになり……。（細谷正充）
あ-78-1

朱野帰子
科学オタがマイナスイオンの部署に異動しました
電器メーカーに勤める科学マニアの賢児は、非科学的商品を「廃止すべき」と言い、鼻つまみ者扱いに。自分の信念を曲げられずに戦う全ての働く人に贈る、お仕事小説。（塩田春香）
あ-79-1

（　）内は解説者。品切の節はご容赦下さい。

サイレンス
秋吉理香子
深雪は婚約者の俊亜貴と故郷の島を訪れるが、彼には秘密があった。結婚をして普通の幸せを手に入れたい深雪の運命が狂い始める。一気読み必至のサスペンス小説。（澤村伊智）
あ-80-1

銀の猫
朝井まかて
嫁ぎ先を離縁され「介抱人」として稼ぐお咲。年寄りたちに人生を教わる一方で、妾奉公を繰り返し身勝手に生きてきた、自分の母親を許せない。江戸の介護を描く傑作長編。（秋山香乃）
あ-81-1

くちなし
彩瀬まる
別れた男の片腕と暮らす女。運命で結ばれた恋人同士に見える花。幻想的な世界がリアルに浮かび上がる繊細で鮮烈な短篇集。直木賞候補作・第五回高校生直木賞受賞作。（千早　茜）
あ-82-1

池袋ウエストゲートパーク
石田衣良
刺す少年、消える少女、潰し合うギャング団……命がけのストリートを軽やかに疾走する若者たちの現在を、クールに鮮烈に描いた人気シリーズ第一弾。表題作など全四篇収録。（池上冬樹）
い-47-1

池袋ウエストゲートパーク ザ レジェンド
石田衣良
時代を鮮やかに切り取る名シリーズの初期から近作まで、読者投票で人気を集めたレジェンド級エピソード八篇を厳選した〈傑作選〉。マコトとタカシの魅力が全開の、爽快ミステリー！
い-47-36

オレたちバブル入行組
池井戸　潤
支店長命令で融資を実行した会社が倒産。社長は雲隠れ。上司は責任回避。四面楚歌のオレには債権回収あるのみ……。半沢直樹が活躍する痛快エンタテインメント第1弾！（村上貴史）
い-64-2

かばん屋の相続
池井戸　潤
「妻の元カレ」「手形の行方」「芥のごとく」他。銀行に勤める男たちが、長いサラリーマン人生の中で出会う、さまざまな困難と悲哀。六つの短篇で綴る、文春文庫オリジナル作品。（村上貴史）
い-64-5

池井戸　潤
民王
夢かうつつか、新手のテロか？　総理とその息子に非常事態が発生！　漢字の読めない政治家、酔っぱらい大臣、バカ学生らが入り乱れる痛快政治エンタメ決定版。（村上貴史）
い-64-6

乾《いぬい》　くるみ
イニシエーション・ラブ
甘美で、ときにほろ苦い青春のひとときを瑞々しい筆致で描いた青春小説——と思いきや、最後の二行で全く違った物語に！「必ず二回読みたくなる」と絶賛の傑作ミステリ。（大矢博子）
い-66-1

乾　くるみ
リピート
今の記憶を持ったまま昔の自分に戻る「リピート」。人生のやり直しに臨んだ十人の男女が次々に不審な死を遂げて……。『イニシエーション・ラブ』の著者が放つ傑作ミステリ。（大森　望）
い-66-2

井上荒野
ママがやった
七十九歳の母が七十二歳の父を殺した。「ママはいいわよべつに、刑務所に入ったって」——男女とは、家族とは何か？　ある家族の半世紀を描いた、愛を巡る八つの物語。（池上冬樹）
い-67-5

伊坂幸太郎
死神の精度
俺が仕事をするといつも降るんだ——七日間の調査の後その人間の生死を決める死神たちは音楽を愛し大抵は死を選ぶ。クールでちょっとズレてる死神が見た六つの人生。（沼野充義）
い-70-1

伊坂幸太郎
死神の浮力
娘を殺された山野辺夫妻は、無罪判決を受けた犯人への復讐を計画していた。そこへ人間の死の可否を判定する〝死神〟の千葉がやってきて、彼らと共に犯人を追うが——。（円堂都司昭）
い-70-2

阿部和重・伊坂幸太郎
キャプテンサンダーボルト（上下）
大陰謀に巻き込まれた小学校以来の友人コンビ。不死身のテロリストと警察から逃げきり、世界を救え！　人気作家二人がタッグを組んで生まれた徹夜必至のエンタメ大作。（佐々木　敦）
い-70-51